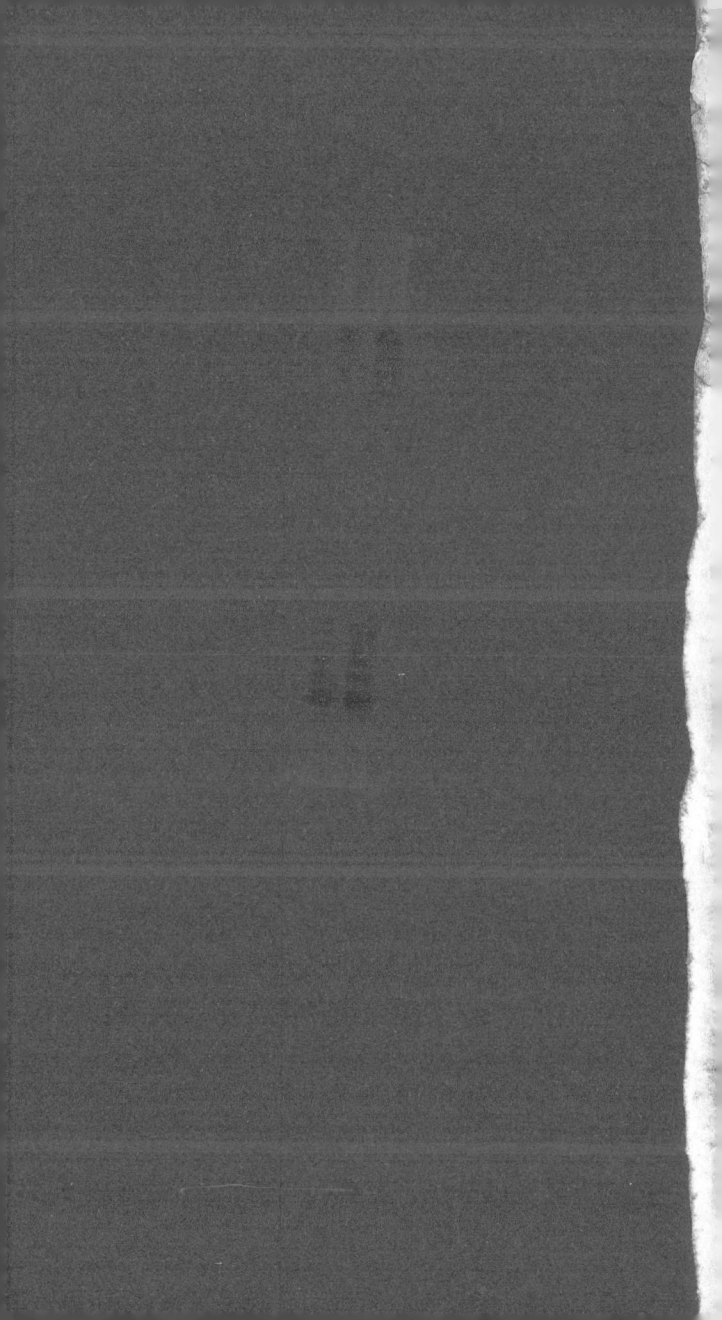

读蜜

读 一 页 书　　舔 一 口 蜜

The Good River China Stories by Pearl S. Buck
Pearl S. Buck

大　河
赛珍珠中国故事集

[美] 赛珍珠 著　　范童心 译

黄河出版传媒集团
宁夏人民出版社

目录 Contents

- 1 贫瘠的春天
- 6 安德里亚神父
- 26 游击妈妈
- 58 他的国,他的家
- 106 宾尼先生的下午
- 119 上海一幕
- 127 佛的脸
- 166 荷叶边
- 186 大 河
- 204 老虎!老虎!
- 299 编后记 赛珍珠的中国故事集

贫瘠的春天

农夫老刘坐在自家仅有的一间土屋的门前。那是农历二月下旬一个暖和的傍晚，他瘦弱的身体能感受到春天即将来临。此时，汁液在树中流动，新生命在土壤中涌动，但老刘作为一个人类是怎么感知到春天要来的，他自己也不清楚。往年就容易得多——他能给你指房子周围柳树上抽出的嫩芽，但现在没有树了，在刚过去的那个忍饥挨饿的苦涩冬天里，他已经把树都砍光，一棵一棵全卖掉了；他也可以让你看家里的三棵桃树和六棵杏树上开出的粉色花苞，树是他父亲年轻时种下的，本该是结果子最多的时候，现在也都不在了。最重要的是，以往的任何一年，他都能指望他的土地。每年冬天，地里不种稻子的时候，他都会种上麦子，然后在春夏相交的时候种上稻子——水稻，才是他最重要的庄稼。

可是今年，地里什么都没有，没有麦子，因

为洪水过了太久才退去，早就错过播种的时节了。现在，土地干涸得都裂开了，像刚烤干的泥。

要是在往年，这样的一天，他一定会牵着自己的水牛，拉着犁，去耕种这片干涸的土地。他多想好好犁一遍这片地啊，让它看上去重新像庄稼田——是的，即使一粒种子也没有，他还是想好好犁一遍。可是，他连牛也没有了。如果之前有人告诉他，他会吃掉自己家耕地的老水牛，那头年复一年帮他拉石磨碾庄稼的老水牛，他一定会骂那个人傻子。但他后来竟然真这么做了。他吃掉了自己的老水牛，跟他的妻子、父母，还有四个孩子，他们一起，把家里的水牛吃掉了。

可是，在那个阴暗的冬日，除此以外，他们还能做什么呢？最后一点粮食也吃完了，树也被砍光卖掉了，洪水没冲走的，能卖的也都卖了，只剩下房梁和身上的衣服。总不能把穿着的外衣扒下来填肚子吧？而且，老牛也饿得不行了，大水连草地都淹了。为了煮熟牛肉，他们走了好远，才找到足够的柴草烧火。那一天……那一天……他年迈的父母面如死灰，孩子们也哭个不停，小女儿快饿死了。心中的绝望占了上风，他成了一个丧失理智的人，用身体中仅剩的一点力气，做了那件自己曾经认为永远不可能做的事——抓起厨房里的菜刀，走出门去，杀死了自己的老牛。动手时，即使他已经近乎疯癫，却依然绝望地呻吟着，好像杀掉的是自己的亲兄弟。对他来说，那是最后的牺牲。

然而，一切还未结束。还早着呢。很快他们就又饿了，可再也没有什么能杀的了。很多村民们开始往南走，去其他地方；或者沿着河往下游走，去大城市里乞讨。但是他，农夫老刘，从来没有讨过饭。对他来说，如果大家都得死，至少能死在自己的土地上。隔壁的邻居来劝过他，跟他们一起走，甚至说愿意帮他背一个老人，老刘自己背另一个就行了，因为邻居自己的双亲已经去世。老刘拒绝了，幸亏如此，因为两天之后，他的老母亲就死了。如果她死在了路上，他就只能把她丢在路边，免得拖累别人，害更多人死掉。现在，他至少能把母亲安全地埋在自家土地里，虽然他实在是太虚弱了，花了三天才挖了一个足够深的坑，把她小而枯萎的身躯埋起来。母亲入土之前，媳妇还跟他吵了一架，就为了老人身上那几件破旧的衣服。他媳妇是个有主意的女人，恨不得让老母亲一丝不挂地下葬——如果他不反对的话。这样，那几件可怜的衣服就能给孩子们穿了。但他还是给母亲留下了衬衣和衬裤，虽然布料早已残破不堪。当他看着冰冷的泥土洒在老母亲的皮肤上，感受到了一个男人的深切痛苦，却无可奈何。之后，他又埋了三个人——老父亲、襁褓中的小女儿和身体一直有些弱的小儿子。

这就是那年冬天的大饥荒从他们身边夺走的一切。原本每个人都会饿死的，但洪水退去后，地面上留下了很多巨大的水塘，里面有一些虾，他们如果抓到了，会直接生吃掉，直到今天还在拿它们充饥，尽管这让每个人都染上了痢疾，病情不见好转。前两天，他媳妇爬出去挖了几棵蒲公英回来，没有柴火，也只能生吃。那其中的苦味，在吞过没有任何滋味的生虾之后，还挺可口的。是的，春天就要来了。

他一屁股坐了下来，凝视着自己的土地。如果他的老水牛能回来，如果他那被当柴火烧掉的犁还在，他就可以耕地了。每一天他都会这样想好多次，每次都无比无助，像一片被洪水卷走的树叶。老牛死了，犁不在了，也没有任何木材和竹子了，他还有什么呢？

村里很多人的房子都没了。冬天的有些时候，他感谢上天没有让大水冲走自己的房屋。但此时此刻，他忽然觉得自己再也没有任何值得感谢的了，连自己、媳妇、两个大些的孩子还活着这件事也不需要。他感觉自己的眼眶中慢慢蓄满了泪水，连下葬老母亲、眼看着土盖住她的尸体时，他都没哭出来啊。那个时候，他还能支撑自己，毕竟老人身上至少还有些破衣烂衫遮掩着，但现在，他找不到任何能支撑自己的东西了。他喃喃自语道：

"我没有能种在地里的种子啊……地就在这儿呢，要是有种子，我情愿用双手去犁它耕它啊……这片地能让它发芽的，我知道自己的地有多好，但没有种子，地是空的啊……是啊，就算春天来了，我们还是会挨饿啊……"

说完，他绝望地抬起头，望向这贫瘠的春天。

安德里亚神父

每一天，安德里亚神父都期待夜晚的到来，只有在那几个钟头他才能好好观星。在这座东方城市，白天漫长而喧嚣，到处充斥着大量的人群和嘈杂的声音，有哭喊声、叫骂声、吆喝声……夜晚则短暂而绚烂，宁静祥和的星星像火把一样在深紫色的天空中闪烁，他永远都看不够。手握望远镜的时光，总是过得飞快，记忆中有很多次，他只是在东方泛起鱼肚白时睡上一小会儿，那个时候繁星已经暗淡了。但他其实并不需要睡觉的，观测和研究了一夜明亮的繁星，能让他精神抖擞地迎接新的一天，也能让他暂时忘记整天如影随形的喧闹声。"保佑睡个好觉！"——他总是这样，一边咯咯笑着说，一边拾级爬上自己在学校屋顶建的小观星台。

他的个子不高，身形壮实，脸上总挂着微笑，这样的外形跟他柔软内敛的灵魂并不相符。若是只看到他红苹果一样的脸颊、深色的胡须和含笑的红嘴唇,人们会觉得他是一个喜欢享受物质生活的人。但当你注视他的眼睛,就会发现,他热爱的其实是精神世界。当扭曲的麻风病人在他脚边祈祷,或者一个破衣烂衫的使唤丫头闯进修道院大门,蜷曲在角落哭泣时,他脸上的微笑并没有消失,但深邃的双眼却噙满了泪水。

白天,他用自己的双手扶起麻风病人,为他们擦洗身体,给他们食物,安慰他们,还把药膏涂在他们的伤口上。他又站在丫头和生气得骂骂咧咧的女主人中间,耐心地微笑着,用那种沉静又有些絮絮叨叨的语气低声说着什么。女主人尖锐的咒骂凌驾于神父的嗓音之上,就像暴雨砸进流淌的小溪。但过不了多久,他轻柔却坚定的话语就占了上风,她则坐了下来——她的座位是小客厅里方桌右侧的主位。女主人面上仍有愠色,小口啜着他让用人沏来的茶。之后,他会用那双深邃又有些悲悯的眼睛和挂着微笑的嘴唇,继续柔和地劝解、建议、安抚,巧妙地提示如何能让情况变得更好,直到最后女主人把丫头领走。他从来不鼓励人们去彻底挣脱身上的枷锁,总是试着让他们尽量适应与生俱来且无法选择的束缚。有一件事他无比肯定,就是任何人都无法逃离命运的压迫。

每天早晨,他都会给学校里的男孩子们讲话。这一天,他比平时更激动,说道:

"我的孩子们,告诉你们一件事。小的时候你们都会想,有一天要挣脱父母的管束,一去上学就自由了。上学的时候会盼着长大,觉得成年以后就自由了,不用听老师的了。但你永远也不可能真的自由的!只要灵魂拥有肉体,就有了凡人都有的束缚。没人是自由的,我们不能脱离彼此,我们也不能脱离神……"

"所以,与其徒劳地追求自由,不如乐观地去寻找与自己肩负的责任和平共处的方式。即使天上的星星也不是自由的啊,它们也必须遵守运行的法则,要是随便乱逛,宇宙都会毁灭的。你们见过夏天的流星,对吧?它们看上去自由又美丽,能在云彩上划出一道灿烂的光。但它们的结局是毁灭和黑暗。只有那些按部就班在自己轨道中运行的星,才能永恒。"

身穿蓝布衣衫的中国男孩们盯着他看,被他

低沉嗓音中的激情和圆润笑脸上不寻常的忧伤镇住了。他们完全听不懂他在说什么。

他每天都在各处履行着自己的职责——凌晨时分为几个虔诚的老妇人做祷告,她们都衣着体面,穿着棉布衣裤,脸上遮着黑纱巾。有时候他会觉得困扰,因为妇人们并不太明白他说的话,他的中文一直算不上完美,总带着意大利口音。但最后看到她们面容安详地注视着神圣的画面,他便觉得明不明白都无所谓了,只要她们认真地端详那神圣的画面,努力感受其中传递出的寓意就足够了。

正午前,他会尽量去给学校里的男孩们上一会儿课,但必须抓紧时间,因为随时都可能被叫走帮穷人们处理事情。

"神父,我昨天晚上卖了十文钱的米给这个人,说好了今天早上给钱。但他现在把米吃了,却告诉我没钱给。"

两个男人都穿着做苦力的裤子,赤裸的后背被阳光烤得黝黑。两人站在他面前,一个很愤怒,一个耍着无赖:

"那又怎么样,我没饿肚子吗?凭什么你有

吃的，我就得挨饿？革命就要开始了，革命党人一来，所有你这样有米的人都得分米给我们，钱，想都别想！"

两个人瞪着彼此，就像两只发动攻击前愤怒的斗鸡。安德里亚神父用双手按住两个人的胳膊。他双眼经历的沧桑都刻在了双手上，细细的手指形状很好看，皮肤有些枯黄，因长期帮病人搓洗沐浴留下了不少皱纹和伤疤。这是他的人生中一项无法抑制的烦恼——他无法在触摸那些灰暗污秽的躯体时，制止自己的精神发生某种程度的畏缩。事后，他会一次又一次地清洗自己的双手，因而它们总是带着些微肥皂味。他有一种个人的忏悔仪式，就是故意不洗手，去抚摸一个患病孩童布满伤痕的脑袋时，强迫自己忍耐那种战栗感。他训练自己，去触摸每一样令他畏缩的东西。人们眼中，他的双手总是游刃有余、充满慈悲、善于表现的，没有人想象得到他内心深处的畏惧。

此刻，他温暖的双手令人信服地分别按在两个男人胳膊上，他对那个耍无赖的人说：

"我的朋友，对革命我什么都不懂，但我知道，今天我的花园需要除草。如果你能帮我做，我很乐意付薪水给你。我也相信你这么好心肠的一个人，会愿意从薪水里拿出十文钱来付给你的邻居。他还有孩子，日子也不宽裕，你也确实吃了人家的米。有句话不是这样说的吗：'人不该不劳而获。'这是人生的老规矩了，革命也改变不了吧。"

两张面孔之间的剑拔弩张瞬间消失，两个男人都笑了，露出了白色的牙齿。安德里亚神父也笑了，红润的圆脸笑出了皱褶，接着他回到了男孩们身边。一天结束的时候，他付给那个男人双份的工钱。"拿着吧。"男人假意推让的时候，他这样说："过些天我会再让你帮我干点活的，或许那时候我就没钱给你了。"

吃完米饭、豆子和意大利面的午餐后，他戴上自己的黑色礼帽出了门，去看望周围的百姓，跟他们喝茶聊天，吃主妇们专门给他煮的白水蛋。虽然他有时候心里觉得这些人挺烦，却仍然微笑着听完他们诉说的一切。他并不认识任何有钱的人，那些人对他这样的外国天主教神父嗤之以鼻，就算有机会，他也不会去他们面前凑热闹的。他走进的总是贫穷人家低矮的茅草屋和乞丐的窝棚，手里刚有一点钱就会施舍给穷人。外面世界的革命风暴山雨欲来,这些人却一无所知,他自己也一样。他已经好些年没读过报纸了,完全不知道自己身边的日夜之外都在发生着什么。

每周有一次,他允许自己回忆祖国。星期日的晚上,他会洗个澡,修剪一下深色的胡须,喷一点香水在手上,再走上那小小的观星台,坐在上面的一张简陋的躺椅里。其他的六个夜晚,他会坐在楼下桌边的一张板凳上,掏出纸笔和测量工具,用端正娟秀的字体做笔录,准备寄给西西里岛的上级——许多年来夜晚的观测,已让他逐步成为一个远东天文学组织中的重要成员,然而他自己并不知道。对他来说,研究天空是在日常一丝不苟地观察和思考之后,大脑的一种放松和享受。

但在这第七天的晚上,他既不带笔,也不带纸,只是坐下来打开窗户,注视着天幕上的繁星,任由思绪把自己带回他的家乡意大利。他已经二十七年没回去,之后也没机会再亲眼看到家乡了。他离开的时候还是个刚满三十岁的小伙子,这么多年过去了,他依然无比清晰地记得当时的离愁别绪。此刻他脑海中还能看到那片远去的海湾，随着船只驶离陆地，渐渐变成了越来越小的一个圆点。每个星期他都有一次心情沉重地怀念祖国，使命感之外还有一丝愧疚，自己仍然清楚地记得离别的场景。除去肉身远离家乡、父母、兄弟姐妹们的悲伤，还有灵魂远离此生挚爱的维塔丽娅的悲伤——相较之下，她更爱他的哥哥。

多年来，他一直为自己的罪孽忏悔，当初做传教士并非基于对信仰的虔诚，而是因为维塔丽娅不爱他。她从不知道，也没有任何人知道。他的哥哥又高又帅又有风度，有一双惹人怜爱的褐色眼睛；维塔丽娅个子也很高，雪白的皮肤，精致的面孔，像一棵新抽芽的橄榄树。她全身的色彩如薄雾一般轻柔迷蒙，对他来说她高不可攀。没有人把他当回事过，他总是那个成天开开心心讲着笑话的黑眼睛小男孩。

即使是哥哥的婚礼之后，他仍然没有停止做那个整天嬉皮笑脸的自己。但他想等一等，看哥哥是不是真心对维塔丽娅好。没有什么可抱怨的，他哥哥是个好人，虽然好看的皮囊之下灵魂有些无趣。他结了婚，孩子也快出生了，还顺理成章地继承了父亲的葡萄酒生意。他安定了下来，小日子过得很幸福。没错,没什么可抱怨的。

后来,安德里亚开始畏惧自己情感的力量。他发现,除了全身心投入信仰,他没有办法不表达自己的爱。经过了一年的煎熬和痛苦之后,他意识到一切都没有结束,他无法从情感的旋涡中抽离并重新开始,除非把自己流放到一个遥远的国度传教。就这样,他向村里的神父们求助了。

他的家人们嘲笑他,每个人都嘲笑他。而维塔丽娅的举动几乎毁灭了他——她抓住他的手,用她那对他来说比音乐还美妙的声音说:"可是,亲爱的弟弟,我的安德里亚,你走了谁来陪我的孩子们玩儿,谁还会一直来我家里呢?"他摇摇头,微笑着说不出话来。她惊呆了,诧异地望着他溢满泪水的双眼:"真的就那么想去吗,安德里亚?"他点了点头。

好吧,一切都已在很早很早以前尘埃落定。他很多年都不允许自己想起她,因为她已经是另一个男人的妻子了。夜复一夜,他向星辰热切地祈求内心的平静。对他来说,无论多少忏悔都无法抵消爱上维塔丽娅的罪孽,可他依然爱她胜过一切,直到永远。这让他无情地否定自己,强迫自己完成那些令人嫌弃的触碰与职责。有一次，当他的身体又因她而灼烧时，他发狂一般地冲上大街，带回来一个衣衫褴褛、在冬夜里瑟瑟发抖的乞丐，让他躺在自己的床上，给他盖上自己的被子，自己则整夜缩在一边，咬紧牙关，强忍着腹部的疼痛。但到了第二天早晨，他对自己的身体胜利地低语："现在你可以安静点儿，别来烦我了吧。"这一切，解释了他眼神为什么有悲哀的色彩，以及为什么会喋喋不休地宣扬忍耐苦难。

有一天，意大利来了一封镶着黑边的信，这么多年来的第一封信。他打开了，里面是维塔丽娅去世的消息。从那以后，他似乎得到了某种意义上的平静，一段时间后，他开始允许自己在星期日的夜晚进行这样短暂的放松，最后甚至可以想她一会儿。现在她死了，他可以想象她在远方天空的星辰间自由而轻柔地飞舞。她现在已经不是谁的妻子了，不属于任何人，只是天堂的一部分。他可以像思念一颗星那样思念她，这已不再是罪孽。

他的布道不再那么激烈，而是更耐心地劝说人们承受苦难。每当学校里有男孩子逃走，号称去参加革命,他只会叹口气,出去找到对方,温柔地劝说男孩回来,回到哭泣的母亲身边。

"仁慈的上帝在我们降生时就赋予了每个人职责。"他慈爱地说,微笑着将一只手搭在男孩的肩膀上。

但男孩扭动身子挣脱他的手,走开了。"革命里没有上帝,也没有职责。"他傲慢地说:"我们都是自由的,我们宣扬自由的福音,为每一个人的自由而奋斗。"

"啊?"安德里亚神父轻声问道。

一种不祥的预感,前所未有地从他心中升起。这一刻之前,他从未正视过那些有关革命的谣言。他的生活仅限于自己居住的小院圆一英里内。他意识到,现在他必须认真思考一下这些言论,特别是在好几个男孩这样走掉以后。他开始聊一些别的话题,但男孩不为所动,很明显想让他快些离开。周围有几个和男孩结伴的小伙子,还有一两个警察,男孩的应答变得越来越短,并且不耐烦地跟同伴们交换着眼神。最后安德里亚神父和蔼地说:

"我知道你们还有其他的事情要做,那你就走吧。别忘了之前学的功课,我的孩子。"

他把手掌放在男孩头顶,停留了片刻,转身离开了。但他还没走过那排房子前,身后就传来了一阵哄笑声,他听到那几个小伙子在嘲笑他们的同伴:"你不会是洋人的走狗吧?哈哈哈……"

他不明白走狗是什么意思,还想过要不要转身回去。他停下脚步继续听,一个人笑得像在抽动鞭子,大叫道:"哦,信洋教的!"

随后他听到男孩愤怒的声音响起,还带着抽泣:"我讨厌那个神父,我也不懂他传的什么教!我是个革命者!谁敢怀疑我?!"

安德里亚神父呆住了,这真的是从自己的学生口中说出的话吗?从五岁开始就被自己教育的男孩?他有些发抖,脑海中闪现出一个念头——彼得也曾经这样否定过耶稣!——他回到了那间小小的修道院,他的家,把自己关进房间,难过得哭了起来。

从那时起,他意识到自己一直站在一个旋涡边缘,只不过之前没有发觉。他觉得自己有必要调查一下这场所谓的"革命",确认自己的孩子们没有被冲昏头脑。但调查根本没有必要,以往的经验和知识向他涌来，他已经身陷困境的迷宫。

他不知道的还有很多。他已经在这座巨大而喧嚣的城市中，日复一日地生活了二十七年，他身着黑袍的矮小身影已经成了街景的一部分，无异于一座古庙或是桥梁。附近的孩子们从记事起，就习惯了他的存在，无论冬夏寒暑，他总是在街道上踽踽独行，口袋滑稽地鼓着，里面是给孩子们的花生。没有人觉得他有什么特别——在水井边洗衣的女人们，会在他经过时抬头看看，然后意识到已经是午后了，叹口气，想想日落之前，还有几个钟头可以干活；坐在敞着门的店铺柜台后面的男人们，冲他轻轻点头，礼貌地接下他递过来的传教小册子和圣母像。

而现在一切都变了。他已经不再是安德里亚神父，而是一个可有可无的老传教士。他变成了人们口中的"洋人"。

有一天，一个小孩拒绝了他手中的花生。"我娘说搞不好下了毒。"孩子睁大眼睛说，抬头望着安德里亚神父。

"下毒？"安德里亚神父茫然地说，无比震惊。

第二天他又去了，口袋里仍然装着沉甸甸的

花生，再后来他就不带花生了。有一次，一个女人在他从井边经过时，朝他身后吐了一口口水。而他微笑着递上小册子的时候，男人们冷漠地摇头。他彻底困惑了。

后来有一天晚上，他的中国助手来找他。那是一个和善的小老头，蓄着蓬乱稀疏的白胡子，待人真诚却有些愚笨，经常唱错福音。安德里亚神父曾经考虑过是否该换一个更能干的，却一直不好意思跟老人直说自己对他不满意。此刻他对安德里亚神父说：

"我的神父，请不要再出门了，直到这场闹剧结束。"

"什么闹剧？"安德里亚神父问。

"这些关于洋人和革命的流言。人们都在听那些南方来的黑衣服年轻人说的话，他们说洋人们杀了好多中国人，还用新的宗教窃取他们的心。"

"新的宗教？"安德里亚神父温和地说，"我的宗教可一点都不新。我在这儿传教授课都已经超过四分之一个世纪了。"

"就算是这样，先生，您总归是个洋人啊！"老人带着歉意回答。

"好吧，"安德里亚神父终于说，"这我真的完全没想到……"

但他第二天就听取了老人的建议。因为跨出院门时，街上朝他直接飞来了一块大石头，贴着他的胸口划了过去，把一直挂在那里的乌木十字架砸成了两半。他吓得举起了一只手，另一块石头又飞了过来，把他的手掌刮伤了。他脸色瞬间变得惨白，躲进修道院里，关上了院门，双膝跪地，注视着破裂的十字架。很长一段时间他什么话都说不出来，最后他的嘴唇终于又能吐字了，说出了最熟悉的祈祷文："宽恕他们吧。他们不明白自己在做什么……"

那之后他一直待在院墙里。好几天都没再有人来过，他悲伤地把空教室的门锁了起来。他感觉自己仿佛置身于沉静的台风眼。他和年老的助手每天在孤寂的小院里踱步，能听到外面的街道上令人困惑的嘈杂声响。他一直锁着门，每天只在夜里打开一次，让老头溜出去买一点吃的。直到有一天，老头带着空空如也的篮子回来了。

"他们不让我买东西给您吃。"他可怜巴巴地说着，"为了救您的命，我必须假装离开这儿，假装讨厌您。但每天晚上我都会从花园西边的墙头偷偷扔些吃的进来,到了时间我会唱福音,之后的事情,只能听天由命了。"

从那以后,安德里亚神父一直孤身一人。他花了很多时间待在观星台里,允许自己在每一个夜晚回忆和思念。白天漫长而孤独,他甚至开始想念那些麻风病人。现在已经不需要再洗手了,除了在花园中挖蔬菜之后,冲掉附着在手上的干净泥土。外面的声音愈演愈烈,他开始幻想自己置身于一座汹涌汪洋中的孤岛上,巨浪总有一天会将他一并吞没。

他躲进自己的精神世界中,越来越深,开始构建小小的意大利之梦,里面有他孩提时常常跑进去玩耍的葡萄园。他能闻到温热的阳光照耀在成熟的葡萄上,那种无与伦比的香气!在躺椅上坐了一夜又一夜,他开始从头重建自己的生命。那是一个五月,繁星在紫色的夜空中闪烁着,但他已不再用笔和本子记录了,星宿的一切变得无足轻重,除了它们超凡脱俗的美。感谢上天,任何地方都有星辰和天空!中国五月的天空跟意大利夏日的天空一样,沉甸甸金灿灿的星挂在深邃的天幕上。有一次在意大利,就是这样的一个夜晚,他从自己的窗口往外望去,刹那间被星空的美迷住了。他疯了一般向维塔丽娅家跑去。他的心跳快得像鼓点,每一下都震动着全身,他觉得自己必须告诉她,他爱她。跑到她家后,他哥哥打开了家门,亲切地问:

"我们正打算睡觉呢,安德里亚。有什么事吗?"

他看到了哥哥身后的维塔丽娅,她站在房间的阴影中,面色白皙,就像一朵暮色中的鲜花。她走上前来,把手轻轻搭在丈夫的胳膊上,头靠着他的肩膀。她看上去很开心。冲动从他心头消散了。

"不,没事了。"他结巴着说,"我本来想——我没意识到已经这么晚了——我本来想过来随便聊聊的,或许……"

"好啊,改天吧。"哥哥平静地说。

维塔丽娅冲他叫道:"晚安,安德里亚弟弟。"随后,门关上了,只剩下他一个人。

那天他独自在葡萄园中待了一整夜,最终,凌晨时分,他对自己说,从此他将献身于穷苦的人民——既然她不需要他,那就把自己奉献给遥远国度中的穷人吧。

啊，所有那些他曾拥有的激情、痛苦和青春，都被那纯粹地想要经受苦难、百折不回的意愿磨平了。他这辈子都无法摆脱它们，而且只要自己尚在人间，也永远不会从中脱离。他思索着，想知道星辰之中的维塔丽娅是否知道这些，那里没有任何秘密。他亦希望如此。这意味着，他不必告知她，自己经受过的所有苦痛，她会明白她在人世从未明白的事情，他们或许可以在天堂换一种崭新的模式相处。

他叹了口气，下楼走进花园，在西侧的墙角找到了一小包裹在荷叶中的冷米饭和肉。他吃掉了，也念了祷告词，指尖在胸前摩挲着。

院墙外的街道上响起了一阵整齐有力的脚步声，仿佛有几千只脚同时在行进。他听了一会儿，不知道发生了什么，叹了口气，又走上了自己的观星台，坐了下来，遥望着辽阔晴朗的夜空，他缓缓地睡着了。

凌晨时分，他带着一丝不好的预感醒来了，好像是被某种突如其来的嘈杂声惊醒的。有一刻，他甚至无法起身。星辰在灰色的天光中暗淡下来，教堂的屋顶黑幽幽的，被露水打湿了。外面是疯狂的噪声，空气中有子弹的呼啸声和人们的叫喊声。他倾听着，像连着好几声快速的枪响。他坐起身，试着分辨这是什么声音，就是它把自己吵醒的吗？行进的脚步声已经消失了，一道巨大的火光照亮了遥远的东方天际，什么东西在燃烧，是城中的富人区，那里的街道上挂满了鲜红和亮黄色的条幅，不是大型的米店，就是丝绸铺或酒馆。不过，会不会只是日出呢？不可能的，这片灰色天空中的日出，不可能如此绚烂。

　　他勉强从椅子中站起来，走下台阶，带着些微警惕。他睡得并不好，思绪上蒙着一层雾，刚走到楼梯底端站在草地上，就传来了一阵骇人的敲门声。他快步走上前去开门，胡噜着自己的脑袋，试着让头脑清晰一些。就是这个声音！就是这个声音让他从睡梦中惊醒的。他打了个趔趄，终于把巨大的木门闩拉了出来，呆滞地朝外望去。外面站着上百号人，都是身穿灰色制服的士兵。他们脸上的表情恶狠狠的，之前他都没想到人类的面孔可以看上去这么凶。他想躲开他们，之前面对麻风病人，他都从未打算躲开。他们举起枪对着他，发出了老虎般的咆哮。他并不害怕，只是完全呆住了。

"但你们想要什么呢，我的朋友们？"他诧异地问。

一个小伙子——跟他那个逃走的男学生差不多大——向前走了一步，扯下了他脖子上的念珠。

"打倒全世界的帝国主义者和资本主义者！"年轻人大喊。

"帝国主义？资本主义？"安德里亚神父思索着话里的意思，这些词他从来都没听说过啊！他好多年没读过新书了，除了他的天文书籍。他一点都不懂那个小伙子在说些什么。

但那男孩端起了手中的枪，指着安德里亚神父说："我们是革命者！"他大叫着，声音粗暴而凶恶，仿佛好久都没有喊叫过了。他年轻的脸上有不少疙瘩，面色通红，好像喝了酒："我们是来还所有人民自由的！"

"所有人民？自由？"安德里亚神父缓缓地说。

男孩的指尖猛地扣动了扳机。一声尖锐的枪响，安德里亚神父倒在地上，死去了。

游击妈妈

陈太太五十岁了,她的心中满是秘密,这一辈子,她从未对任何人敞开心扉。从记事起,她就开始积攒各种各样的秘密了,那还是日本侵华战争开始之前很多年。她是从何时开始记事的?应该是当她意识到自己是个女孩的时候。因为那时她发现,父母给她的爱和给弟弟的不一样,简直是天差地别。弟弟虽然更小,但他得到的爱明显还带着一层尊重;而对她,则更像是放任和可有可无,家里的活没少使唤她,却不怎么在乎她的喜好和需要。这样的想法困扰了她很久,直到有一天,她忍不住问了母亲,得到的回答,无比残酷——

"你早晚都得知道自己是个女人。"母亲说,"只要是女人,就别指望别人像对男人一样对你。"

陈太太当时还是个九岁的小姑娘,她没吭声。但从那时起,她就开始在心里积攒秘密,把它们深深藏在自己的美貌和聪颖背后。弟弟跟着先生读了不少书，她则一直在隔壁房间绣花，但两个房间离得太近了，她什么都能听到。她有时还会偷偷拿走弟弟的书，拿得很小心，他甚至没发现，或是误以为自己放错了地方。从这些书中，她学会了阅读，不光学会了汉字，还学了一点英语和日语。这是她的秘密之一，没有人知道她懂外语，也没有人知道她书读得多么好。她最喜欢独自一人一遍遍诵读古代圣贤的经典，那些书原本是只为男人们写的。要是她有机会去参加考试，得的分数肯定比弟弟还要高。但她十七岁就嫁了人。

她带着自己所有的秘密嫁进了夫家，其中一个秘密，是她已不再信奉任何神灵。在那样一座女人全部目不识丁，并且整天沉迷于烧香拜佛的老宅子里，人们如果知道这个文静清秀、说话永远细声细气的新媳妇什么神都不信，会被吓坏的。她已经听弟弟的先生讲过了太多科学道理，不可能再回去相信那些鬼神之说。但她仍然会顺从地在夫家的神像面前行礼，就像她曾经在父亲家做过的那样。她内心坚信的不是那些神，而是它们能在那些无知的人身上起的作用。

她还有一个秘密,她蔑视那些无知而愚昧的人。这种蔑视很深,但没有恶意。嫁过来之后,她立刻就发现了,自己丈夫就是这样的人之一。倒不是因为他穷,反而是因为他太有钱了,他的父辈和祖辈都是富人。这对她来说是个不小的打击,因为结婚前,她一直梦想能有一位智慧的伴侣。但她还是接受了现实,丈夫在场时,她会表现得很贤惠,总是微笑着,刻意只聊他喜欢的话题。剩下的精力,她都放在思索自己一直在秘密阅读的书籍上。

一年又一年过去了,她越来越聪慧过人,并且持家有道。丈夫也越来越依赖她,连家族的田地和佃户都靠她打理,她生的四个儿子和三个女儿也从她身上学了不少东西。她从未将自己的秘密真正示人,却把对知识的热爱潜移默化教给了孩子们,让他们自己去探索。没有人能够洞悉她隐藏在美貌和聪颖背后的任何东西,因为她对每个人都展示了不一样的面貌——在丈夫面前,她是个无可挑剔的媳妇和贤内助,每个孩子都认为自己才是她最爱的那一个。她确实喜欢自己的每个小孩,却从未让任何一个走进自己心中那座坚固的堡垒。那里面只有她一个人和她所有的秘密——她越积越多的各种知识,她对男人、女人和整个世界的思索、想象和结论……

她的日子就这样流逝着,但生活中却没有她一直期盼的那种平静。她整天忙于管理大宅中的各种琐事,安抚每个人的情绪,解决每一件摆在她面前的麻烦。她也没能降生在一个平静的时代,经历了革命和军阀混战,见证了改朝换代,遭遇了统治者从一个皇帝变成了多人的内阁,人们却还是看不见希望。"为什么呢?"她想,"若是不够聪明,好多个人统治就能比一个人统治得更好吗?"税收不断增加,罪恶愈演愈烈,争执夸大其词……她没有消沉下去,而是靠着积累心中的秘密,让自己变得日益强大。

那一天,原本够糟的日子变得更糟了。外来的军队侵袭了全国各地,似乎就要取得胜利了。陈太太眼看着日本人从遥远的东三省攻到了自己家所在的南方沿海小城,此刻的她知道,让一家老小远离侵略者、安全转移到内陆地区的重担落在了自己肩上。她主意已定,作为一个恪守本分的妻子,她先去征求了丈夫的意见,巧妙地表达了自己的观点,但看上去却只是在谦卑地请示对方,对他的智慧大加赞扬,并表示出自己是在无条件地遵从丈夫的意志。

一开始,她暗中盘算着如何把全家人带上飞机。但有一天,她最大的秘密忽然在脑海中形成了——在困惑、恐惧和车夫、用人们大声喧哗的嘈杂中,她忽然想到,当这些人都离开之后,这座房子空下来时,该有多么安静。

"我从未感受过真正的安静。"她想,"也从来没感到过真正的鸦雀无声。"

她越想象着平静与安宁的状态,就越期待能体验一次。最后她忍不住了,开始思考如何才能把希望变成现实。她家的宅子现在已经很大了,四个儿子都结了婚,媳妇和孙儿们都住在她的屋檐下;两个女儿去了她们的丈夫家住,但最小的一个女儿还跟她在一起。她觉得,唯有这个小女儿才最需要自己的照顾,那也是她最漂亮的一个孩子。为了这个女儿,陈太太考虑了很久,在临行前的那天晚上,她把忠心耿耿的老女佣叫到了身边。

"李妈,"她说,"我有一件要事托付给你。"

"您尽管吩咐,太太。"身体硬朗的老妇人回答。

"不是什么大事——请你无论如何,都永远跟在你的三小姐——我最小的姑娘身边。"

"我肯定不会离开她的,"李妈答道,"也不会离开您,太太。路上您肯定会一直把她带在身边的。"

陈太太笑了笑,现在她把两个最要紧的包袱都卸掉了——要是李妈知道她的打算,一定会要求留下来陪她的,但她一个人都不想要。

"晚安,李妈。"

全家人打算在破晓时分动身,日本人此时已经离得不远了。陈太太带着她最新的秘密睡得很安稳,直到凌晨前不久才醒来。用人们已经开始忙碌了,院墙外有三辆整装待发的汽车,在车没法再开的路尽头,他们会改骑马,翻过高山,从那里去往中国内陆,奔向安全的区域。

她坐起身,李妈走过来为她更衣。一切都准备好了,全家人走出院门,为背井离乡而伤心流泪。大家都明白,这座住过五代人的大宅子能够维持原样的希望微乎其微,这一走或许就是永别。陈太太故意留在人群的最后,她说:"我再去检查一下。"之前她就已经跟丈夫说好,让他走在最前面带路，因此他带着两个大些的儿子，还有他们的媳妇和孩子，上了第一辆车。后面的一辆车坐进了两个小儿子全家和几个用人。第三辆车在等着陈太太上来，里面已经坐着小女儿、李妈和几个年轻女佣。前两辆车出发了，第三辆的马达也已经启动。陈太太在一个小时前曾经单独找过这个司机，她趁没人时低声说：

"当我说'走'，你如果听到车门砰的一声，能开多快开多快，别管我女儿和其他女人们闹得多厉害。到达城门之前，无论如何都别停。"

要不是司机已经被她开口前递过来的一大把银币吓得不轻，这话可能会直接把他吓死。他只是倒吸一口凉气，大声说："遵命，太太。"

司机照她的命令做了。听到她那低低的一声——"走！"车门被重重地摔上了。车向前一蹿，他立刻被身后女人们的哭叫声包围了，但他记得自己不能去理会，他也做到了，汽车朝着城门疾驰而去。

陈太太如释重负地望着远去的汽车。城门已经关闭了很多天，它们会在凌晨时分被短暂地打开，放想逃离的人们出城后，很快又会关闭，任谁来也不能再敲开了。她很确定地被困在城里，正如她秘密计划的那样……

她看上去是那么镇定,仿佛整个世界都静止了。她走进院门,还插上了门闩,为了能彻彻底底地独处。其实插不插门闩都没什么区别,因为宅子里除了她自己,已经全无任何有价值的东西了——首饰都放在李妈身上的一个皮匣子里,家里值钱的物件和镶着云南玛瑙的上好雕花乌木家具也都寄到了内陆,漂亮的女孩子们也都走了。她已经不对任何事和任何人负有任何责任。之前的日日夜夜都有人有权对她提出要求,她已经学会了承担和顺从,也完成了所有的任务。现在她没有任务了。从记事起,有生以来第一次,她是独自一人了,也没有要做的事情。她笑了,坐在了院子里竹荫中的一块大石头上。

"我不用从这石头上站起来。"她想,"除非我想,否则就不用起来。"

因此,她就那么静静地继续坐着,像之前梦想的那样享受着宁静。太阳越升越高,她依然觉得凉爽,竹林洒下的阴影变窄了,但还遮得住她。过了一个小时左右,一阵尖锐的警报声猛然响起,她依然没有起身。那警报声是在警告市民们,敌机快要飞过来了,而这样的警报几乎每天都拉响。她家的牡丹园地下修了一个小防空洞,但只有自己一个人,她懒得走进去——"炸弹也不会选一个老女人炸吧。"她平静地想,期待着更多独处的时间,"或许死亡也就是这样空荡荡静悄悄的,而且不会有任何改变。"她从来没有怕过死,现在她忽然想到,死亡甚至可能是挺愉悦的一件事。

爆炸就是在这一刻发生的,她望了望天,看到了一架孤零零闪着银光的飞机,有什么东西从上面呼啸着掉了下来,样子有点像一颗蛋。忽然,她的上空闪出一阵强光,雷鸣一般的声响接踵袭来。

"这应该就是死亡吧。"她这样想,闭上了眼睛,身体没动。

但这并不是死亡。炮弹砸在了她上了闩的院门外,听到墙壁分崩离析的声音,她站起身走了出去——院墙已经变成了一堆废墟,她看了看那堆破砖烂瓦,又扫视了一遍院门前的街道。她目光所及的地方没有任何人,路上很肃静,这些天来,外面一直比较肃静,今天尤其是。

就在她打量观望的时候,路上变得不再肃静了。周围开始被一阵喧闹声充斥,能听到很多双脚同时跑动的声音。接着,她看到一群人从远处的街角拥了出来,街道瞬间就被这些人填满了,都是些穿着军队制服的男人。他们在她身边走来走去,还踏上了刚炸毁的院墙废墟,却对她视若无睹。每一张脸都直视前方,都似乎急于逃离某种明显的危机。

"他们在撤退。"她这样想。她明白,敌人已近在咫尺。

很多天来,她已经预想了敌人的到来,她觉得在那些人来这儿以后——他们当然会来,因为他们的武器更先进——她就得在他们的统治之下生活。不过,如果还能继续保有那些秘密,她并不太在乎自己被什么人统治,即使是外来的。而且,一个老妇人对任何人都没什么价值和威胁,她感叹生活还是很厚待自己的。丈夫和孩子,还有责任,对她来说已经不再有更多意义,直到现在,她才有时间追寻她所有秘密的真正意义,以及体会和享受由它们带来的宁静。

……这种宁静,此刻的她却不得不在一呼一吸中放弃。吸气时,她还站在自家的院子里;呼气时,她已然融入了四散逃离的人群中,宛如汇入一条湍急的河流。河水将她裹住,让她被波浪卷走,无处可逃,也不能回头。她大喘了两口气……

"我得记住,我可不是在撤退。"她这样想,试图让自己平静下来。感觉到有人正贴着她的肩头走过去,她伸手把那人拦了下来:

"你们为什么撤退啊?"她冲他耳边大喊道。

对方转过头来,一脸困惑的表情。她知道,在这混乱的人群中央,他也什么都搞不明白。

"真是太蠢了。"陈太太一边小跑一边想。她母亲曾在她很小的时候给她裹过脚,她大一些时,自己试着松动过裹脚布,很久以前,她就已经对裹脚和松脚的痛都麻木了。因此她渐渐放慢速度的原因并不是脚上的痛。

"你们都太蠢了!"她大叫道——忽然能大声喊出内心深处对男人们的看法,她觉得无比爽快,"你们被那些小矮人吓得到处乱逃,实在是太蠢了!真是给我们汉人蒙羞!丢死人了!丢死人了!"

她这样喊完后,双臂用力抱住自己的身体,在这一群因恐惧而疯狂乱窜的蠢男人中站定了下来,她的身躯成了一个坚定不移的桩。

"太丢人了!太丢人了!"她继续喊着,奋力让自己不被他们挤来挤去。

看上去,他们并没有听到她的话,继续在她身边穿梭着,把她留在身后。她转过身来,面朝着那些向她冲过来的人,背对往远处跑的人,继续喊叫着。

人们终于发现了她,或许并不是听到了她的声音,而是感觉到了她的存在,感觉到她像一个强有力的障碍物般阻挡着人流。最后总算有人停下了脚步,越聚越多。他们站在街道中央,簇拥在陈太太身边,用又脏又破的衣袖擦着脸,面色潮红,眼神狂乱。但在这些人的脸上,她看到了羞愧,因为他们听到了她刚才的呐喊。她也看出,他们都还非常年轻,身上只别着轻便的手枪。

"你们要去哪儿啊?"她问他们。

刚开始没有人回答。片刻后,一个小伙子用粗嗓门说:

"哪儿都行,只要能逃走!为什么要留下送命啊?敌人有洋枪洋炮,我们的长官只给了这些!"他把自己的小手枪递给她看,她接过来端详着。这是她第一次亲手触碰枪支,但她的那些秘密之一就是关于摩登武器的。在一家她总逛的卖旧物件的店里——其他的妇人们都喜欢去庙里烧香,她却喜欢去这样的铺子逛——她找到过一本英文书,名叫《摩登军火科学》,里面有很多图片。她把书买了下来,当时日本刚刚设立了"伪满洲国"。

"这把枪不错啊,"她说道,"型号也不算老。如果你埋伏得够近,大炮是打不到你的,但你可以用这把手枪把开炮的人打死。高射炮只有在距离远的时候才有威力,太近就没用了。"

一群男人注视着她,那个小伙子笑出了声:"你一个老太太从哪儿学到这些的?"

陈太太不卑不亢地看了看他,问道:"敌人到什么地方了?"

"他们从北边攻过来了。"小伙子回答,"现在离城门不到十里地。"

"那就是说,他们还得过河。"陈太太说。

"他们正渡河呢,"好几个声音一齐吵嚷着,"就要把我们围起来了!"

"唉,你们这些蠢货,"陈太太说,"你们能把他们围起来呀!护城河不是绕城一周吗?除了南边的那个缺口。难道你们不能敞开南门,唱一出瓮中捉鳖,再顺着护城河外围埋伏起来,做一个包围圈吗?"

"但他们过河以后会继续……"一个声音响起来,但被陈太太打断了。

"如果他们觉得已经占领了这座城,不知道你们会有埋伏,就不会再出城啊!"

男人们先是盯着她看,又面面相觑。他们的眼神仿佛在说,这只是个妇道人家。但很明显,他们也能看出来,这又不是个普通的妇道人家。

"您是怎么知道这些的?"小伙子直白地问。

"我有自己的门路。"陈太太用惯常平静的语调回答。阳光已变得无比炎热。"我们最好赶快到河边去。"她说。

大家重新行动了起来,但此刻已经不是慌张地撤退了。他们正如接到了明确指令的男人那般坚定地行进着,陈太太也跟随他们一起。这对她来说不算难,因为她平时动作也挺麻利的——她总是健步如飞地处理各种家事,腿和腰背都挺结实。一小时之前她渴望休息,但这一个小时已经足够了。走到河边时,他们和更多人碰了面,那些人仍然打算撤退,正在跟摆渡的船家讨价还价。

"停!"小伙子对周围的所有人说道,"现在我们有了个更好的主意。"他说着往前走了一步。陈太太虽然仍旧不相信任何神灵,却在心里感谢上天,这帮笨蛋中总算还有这样一个小伙子。此刻她经过观察后发现,他一点都不笨。

"我们先假装撤退,"他说,"偷偷过河,这样就能形成一个包围圈了。一小部分人先到南城门外藏起来,其他人藏在护城河的沿岸。我们还可以瞅准时机,开枪打死几个在城里招摇过市的鬼子,放了枪就跑。"

"那要是他们不走,就驻扎在城里呢?"一个人反驳道。

"那更好。"陈太太在小伙子身后低声说道,"那我们就更容易扮成农夫或者老百姓,在他们去市场和茶馆的时候收集情报,准备作战计划了……"

"那更好啦,"小伙子大声重复道,"那就更容易扮成农夫或者老百姓,混入其中,在他们去市场和茶馆的时候收集情报了。时机一到,我们就发起进攻。"

陈太太注视着一张张正在倾听的脸,意识到他们并不全是笨蛋。他们之前确实乱了方寸,但不是懦夫。

"勇士们！"她忽然大声喊道。

之前一起来的男人们，几乎已经忘记了她还在呢，还有很多人根本没有注意到她的存在。此时此刻，所有人一齐转头望向她，发现出声的是一个瘦弱的老妇人，都笑了起来。

"您也很勇敢。"他们说道，都在手掌上吐了一口唾沫，以自己的母亲发誓，一个接一个用不同的乡音说出了同样的话："反正也是一死，不如试试这个法子！"

陈太太看着他们，想："如果我现在离开，他们会怎么做？这些人都是外头来的，根本不了解这个地方啊。"

她选择独自一人留在这座危城中，因为在这样危机四伏的环境里，她能够独享平静。然而此刻，她忽然预见到，所有的平静或许都将结束。

"反正我家的院墙已经倒了，成了废土。"她想，"现在回去有什么意义？谁又能在这一片混乱中把这座城重新建起来呢？"

还没决定是去是留，她的注意力被一个贪心的船夫引开了。河里所有的船夫都有点贪心，但这个人要的价格实在是太离谱了，让陈太太有些生气。

"这都什么时候了,"她嗓音清晰地下令,"人不该这么自私!你们都上他们的船去吧,自己摇橹掌舵。需要多少就用多少,但记得要还回来,这是他们谋生的家什,即使有些人根本就不配活着。"

"上船!"年轻人叫道,"现在谁要是还只考虑自己的利益,就是叛徒!"

士兵们瞬间都登上了船只。他们也都是老百姓家的孩子,划船划得很好。小伙子等到最后一条船才上去,又转头对陈太太斩钉截铁地说:

"跟我们一起来吧,老妈妈。"

她没多说什么,从之前坐着休息的草地上站起身,搭着小伙子伸过来的手臂登上了船。上船的那一刻,她知道,自己已经彻底将平静留在了身后。

之后的好多天他们都没有进攻,陈太太让他们再等等。

"让包围圈里的敌人再多一些,再来个瓮中捉鳖。"她对小伙子说,她现在已经知道,他的名字叫李东。

"叫我小李子吧。"他这么说,"大伙儿都这么叫我。"

但陈太太不习惯这么亲昵的称呼,还是直呼他的全名,或者根本不叫名字。

"等敌人足够多以后,我们再发动进攻,来个瓮中捉鳖。"她接着说。

在此之前,还有很多其他的事情要做。男人们必须乔装打扮,才能在城中自由行动,搜寻敌人几处营地的具体位置以及他们的作战习惯。进攻的时机必须取决于对敌人的了解。这些天她住在一个农夫家的角落里,那家人已经住得很拥挤了,只能用芦苇席给她围了一小块地方,里面只有一张竹床,一张没刷漆的桌子和一个粗制的小板凳。她在床上的时间很少,更多的是跟李东坐在桌边,计划着每一天的行动,她的秘密一个接着一个被派上了用场。她这样说:

"我读过一本洋人写的书,是从外语被翻译成我们的话的,书里讲的是战争。世界上曾经有过一场大战,这书就说了其中的过程。"

她用长指甲在桌面的尘土中,画出了拿破仑

将军对抗俄国时的作战路线。"不过首先,"她说,"我们得派一个间谍去城里,潜入敌人的大本营,把他们的作战计划搞来。普通士兵根本没办法接触到长官的作战计划。"

"可我们一点都听不懂他们的话啊!"李东说。

陈太太思索了一会儿,最后说:"那,只能我去了。"

"您行吗?"李东问。此刻的他,已经有些敬畏这个老妇人了,他开始认真地思考,眼前这个人到底是谁——她不年轻了,但仍然算得上清秀漂亮;身上穿的衣物虽然脏了,却能看出质地很好。他也是个农民的儿子,从小听过各种神怪狐仙的故事。他现在更加相信,或许陈太太就是这样一个存在,是从天上被派下来拯救他们的。

"我懂一点日语。"陈太太有些难为情地说,"不过,从来没派上过用场。"

连她自己也有点吃惊,难道说这么多年,她就是为了此时此刻,才一步步变成了现在的自己吗?

就这样,陈太太成了一个间谍。她穿着从农夫家里借来的粗布衣服,把门廊上的灰泥揉在皮肤上,挎着一个装满农夫媳妇做的猪油糕的篮子,像小贩那样出门去了。出门前,农夫媳妇检查了她的全套装扮,确认一切都毫无破绽。陈太太是个完美的演员,她已经成功扮演了一个多年顺从丈夫且不过于聪明的妇人,现在,她把自己头发弄乱、牙齿弄黑的同时,也给自己换上了一副愚昧无知的面孔,聪明地骗过了所有的人。就算此时跟她的亲生儿女见了面,他们估计也会把她当作一个陌生人。

"您看上去太像了,"农夫媳妇大声叫道,"简直就跟我们一模一样!"她忽然发现篮子里的糕点没有被盖起来,又说:"它们会沾上灰的!"说着,她从满是尘土的墙壁上的一个挂钩上,扯下一块家里用的抹布,盖了上去。

看到那块布,陈太太有些不适。但她知道其实没什么必要,反正这些糕点是要卖给敌人的,脏不脏又有什么关系呢?不过,她没能控制住自己的惊叫——那块布又黑又脏,之前被拿来擦过桌子、碗筷、孩子的脸、农民的汗……几乎没有什么没擦过的。

"您就这么一块布,还是留着吧。"片刻后她得体地说,"我可以从城门那边随便买一块。"

正是在城门下方的市集中买了块干净方巾，才让陈太太直接跟敌人的头目打了照面。看来，连上天都青睐自己喜欢的人。当时陈太太并不知道，日本人都有洁癖，就算饿死，也不会吃被脏布盖过的糕点的。当她走进茶馆时，他们看到她篮子上盖着洁净的白布，都抢着买她的点心，她不得不抬高价格，不然就会太快被抢购光了。即使如此，也还是多亏了一个年轻的日本士兵过来，拉了拉她的袖子，示意她跟他走。

"别再买了，"他命令其他士兵，"这些司令都要了！"

听到这句话，她又一次被那种宿命感吓到了，但她没有犹豫，跟着年轻士兵走上了一条无比熟悉的路，一路走到了她自家老宅的断墙下。她立即明白发生了什么——她家的宅子是小城中最体面的一座，所以被最高级别的长官征用了。她跟着士兵，穿过了自家庭院，走到了几天前自己曾经坐下休息、梦想得到平静的那个位置。她跟着眼前的陌生人走进了再熟悉不过的宅子，那个日军司令正惬意地坐在主厅里她丈夫的太师椅上，旁边是几个副官。

带她进来的年轻人行了礼。

"什么事?"司令问。

"我找到了一个卖干净糕点的女人。"士兵报告。

"真的吗?"司令来了兴致,晃了晃脑袋笑出了声,示意陈太太上前来。他掀起篮子里的白布,从剩下的糕点中抓起一块就大吃起来,还说,"老太太,如果你再年轻个几岁,我可能对你比对这些糕点更感兴趣。"他一边说一边大嚼着,几个手下意识到这是个笑话,都笑了起来。司令显得很开心,又大声对陈太太说:"明天再来吧。"但她依旧是一副愚钝的样子。他打着手势又说了一遍,她做出终于明白了的表情,点了点头离开了。

从那以后,她每天都会回到自己的老宅子来,在自己做惯女主人的地方,慢慢变成了一个做粗活的女佣。一开始很容易,她只要在日本人吃她带来的糕点时,往空了的碗里倒茶就行了,后来又帮他们点烟、端菜、收拾房间、打扫家具……她发现自己原来的房间被三个年轻的日本女人占了,她给她们干活,从来没有表现出自己听得懂任何一个字。她仔细而勤快地干着活,哪儿有需要就主动去哪儿,被人使唤时又做出完全听不懂的样子,所以女人们根本不再跟她说话了,几乎忘记了她的存在,渐渐她们彼此间说什么也不避着她了。

就这样,她掌握了她们的一切,包括她们的男人们驻扎在哪里、编号是什么、北方的行动怎么样了、要派多少人去支援、多少弹药要被运到这里、存放在什么地方等等。

每天,她都把得到的消息在晚上通报给李东,他们会在农夫的家里碰面。"让他们再吃喝几天吧,让他们变得更弱,更不堪一击。"——他等不及要进攻时,她会这样劝阻——"再过几天,一半的人会被派到北方去,到时候就只有一队人马驻扎在这儿了,但他们会守着很多军火。那时候再攻就容易多了,拿到弹药和枪炮后,我们就可以乘胜追击那些往北边去的鬼子。让你的人养精蓄锐,等待那一天吧!"

李东听从了她的建议,现在他对她言听计从。他认真地训练强化着自己的队伍,士兵们开始称自己为"黑河游击队"。有一天,几个士兵来找陈太太,代表所有人求她一件事——

"我们都想叫您一声'妈妈',"年轻的士兵们说,"因为您给我们带来了好运气。"

此时的他们早都相信,她是神一般的存在,只是她自己并不知道,总是那么谦逊。但她被他们孩子一般的真诚打动了。

"能把你们当自己的孩子,是我的福气。"她回答。

从那以后,她对他们更加慈爱地照顾,用以前在丝绸上刺绣花鸟鱼虫时练就的好针线活,帮他们缝补破旧的衣物。如果有人受伤,她就帮他清洗包扎。她懂得做这些,是从之前买的很多外国医学书籍里学到的。一个外国的物理学家住在附近的一座城里,那些书是他家里的一个用人偷出来卖钱的,转过很多次手后被她买下了。她有些后悔,当时应该把这些书带出来,因为以后会有更多的伤员。后来,每天回自己原来的家时,她都塞一本书到身上的粗布褂子里带出来。

"我们现在准备好了,随时可以收复这座城。"有一天晚上,李东对她说,"但怎么才能知道哪天才是最合适的呢?您来选个日子吧。"

"三分之二的敌军会在月圆之夜离开。"她回答,"但在那天动手还是之后一天,取决于我的一个秘密计划。"

"别告诉我您的秘密。"李东赶忙说,他有些害怕。

这是他脱口而出的话,好像是神灵放进他嘴里的。

"我不会的。"她平静地说,全然不在乎他的恐惧。

这个秘密就是,她记得丈夫把家里所有的洋酒都藏在了什么地方。他很喜欢这些酒,但它们太容易变质了,所以她发明了一种储藏的方法,把它们放进了内院中的一口井里。她顺着井壁的砖墙装了一个梯子和几层架子,还安了一个厚厚的井盖。

"洋人们喜欢把自己的酒藏在房子下面的地窖里,"她这样告诉丈夫,因为之前曾经偶然读到过,"但我们的房子建在平地上,这样更好。"

她趁着旁边没人,向那口井走去。井盖上已经爬满了藤蔓,她一个人掀不开。不过这也意味着,还没有人发现这个地方。她去找到了司令,拉着他的袖子示意他跟自己来。这时的他,像所有人一样,对她已经没有任何戒心,跟着去了。

当她指向那口老井时,他还以为里面埋着什么财宝,于是叫来自己的手下,下令打开。那些人把井盖提起来,拧断上面的枝叶,夏日刺眼的阳光洒在了那些布满灰尘的瓶子上。

司令开心地大叫了一声:"我还以为有金子呢!"他向下伸出手臂,提上来一个瓶子,朝着石头井沿猛磕过去,瓶口碎掉了,他仰起脖子咕咚咕咚灌下了一整瓶洋酒。

陈太太注视着他。她一生中熟悉的所有男人——父亲、兄弟、丈夫、儿子……都是在吃饭时才把这酒装进小陶瓷杯里享用,一次不舍得喝太多。但这个男人几口就把一整瓶喝光了,此刻他还高举着酒瓶,试着把最后几滴往嘴里灌。她慢慢走开了,穿过庭院和断墙,三步并作两步往李东那儿赶,只在过城门时停留了片刻贿赂守门人。

"准备好吧。"她对李东说,"就是今晚。"

他匆匆离开后,她忽然感觉到无比疲倦。不管怎样,她之前从来没当过用人,就算再忙,也只是忙着安排用人们做事,自己什么活都不用干——"等敌人从这城里被赶走以后,我的活也就干完啦。"她这样想。

在那个狂暴的夜晚,她一次又一次对自己承诺,等这一切结束之后,她要去过平静的生活。游击队员们在昏暗的月光下渡过了河,她跟李东坐在同一条船上,指挥着整队人到达南门,白天她买通的守门人放他们过去了——开门时他面色苍白,待他们离开后,他又跳上床,假装睡得很死。陈太太带着士兵们去了敌军驻扎的每一个营地,士兵们自己没能打听到的营地她都知道,每个位置周围都埋伏好了人,随时准备进攻。但李东和他最得力的几个部下被她带到了老宅。

"这里住的是他们的司令。"她说。随后,她用自己都有些诧异的深恶痛绝叫道(她越来越痛恨房子里的那个人,恨他残暴的样貌和举止、粗鲁的喊叫和随时会爆发的怒火,她都有些可怜自己房间里住的三个女人了,因为他对待她们也同样暴戾)——"第一个把他杀掉!"

"我会的。"李东回答。

"我在那扇门外头等。"她说,指着一个院子。

"您就在那边等着我们胜利的消息吧。"他承诺道。

在自己的老宅和每一间被敌人侵占的房屋被突袭之时，她再次回到了自己的院子，找到那块冰冷的大石头，坐在上面，等待着平静来临。等到这一切结束，尸体被清理干净以后，她就又可以一个人待着了。她家中的安宁将比以往任何时刻都更加纯粹美好，她坐在那里等待着，倾听着黑暗中的枪声。宅子里醉倒沉睡的人们被猛然惊醒，像没头苍蝇一样乱窜，在死亡前呻吟喘息。她依旧坐在黑暗中倾听。

"等到尘埃落定后，我所有的秘密中，这将是最怪异的一个。"她想。

黎明时分，周围终于安静了。她看到李东从泛白的天光中疲惫地穿过拱门，向她走来。

"他们都死了。"他说，"流了那么多血！"

她没有回答，等待了片刻后，站起身来。

"我打算回自己的家去了。"她说。她从来没告诉过军队里的任何人自己来自哪里，更没说就是这个地方。

但她迈开脚步之前，李东叫住了她："您难道不跟我们一起去打剩下的那些吗？"

"剩下的？"她有些愚笨地问，仿佛跟自己没有一点关系。

"那些被派去北方的鬼子啊。"他说。

随后,她诧异地看到李东在自己面前屈膝跪了下来,在地上磕了一个头,就像人们在寺庙中膜拜神像那样。"别离开我们。"他说,"要想彻底赶走敌人,我们还有更大的一场仗要打。这个小城算什么呢,他们还占领着我们的大城市、海岸线和北方的省份。没有您告诉我们神的指令,我们怎么能打败他们呢?"

这时的她才第一次明白,他眼中的她已经不是凡人,他期待能得到她的援助。她本想告诉他,自己并不是神,却没能说出口。他只是个普通人,而她的智慧令她遗憾地明白,普通人是需要相信神灵存在的——不管是她,还是别人。

她站在那儿迟疑着。此刻,她庭院中的寂寥与平静是多么美好啊!她已经做了这么多,难道不值得拥有这一切吗?这可是她唯一的天堂,因为她再也没有第二个信仰。

忽然间,宁静又消失了,平和四分五裂,天堂也不见了。几个受伤的士兵从门洞中走了进来,但他们的脸上带着胜利的光彩,即使身体还带着伤,流着血。他们骄傲地聊着、笑着，把宁静最后的回响撕裂了。

"我守着一扇门，一个对十个。"其中一个吹嘘道，"然后一个日本龟儿子把他的剑从门缝里刺了出来，给我留下了这个伤口。"

"我一下子把两个日本人堵在墙角，把他们都杀了。"另一个说。

发现手边没有能帮他们包扎伤口的东西，她说："我去找点干净的水和布条。"士兵们已经习惯了被她照顾一切，干脆都坐下来歇着，等她回来。她去了自己的房间，经过那些死去的尸体时没看一眼。房间里空荡荡的，几个日本女人已经逃走了，连她们的东西也几乎没留下。她只找到了一件干净的浴袍，还有一块刚洗干净晒在那儿被忘记带走的蓝白花棉布。她摸了摸那块布，已经晒干了。

"这些包扎他们的伤口足够了。"她想。她在自己的房间里又站了一会儿，叹了口气，拿起找到的衣物回到嘈杂的庭院，路过浅井时，顺便用木桶打上来些干净的水。

"敌人们留下了这些，给你们包扎伤口。"她对士兵们说,动作麻利地把浴袍撕成碎布条。接着她笑了,打趣道:"我们得追上他们道声谢啊。"

大家都笑了,连负伤的人都开心了起来,李东说:"我们最该谢的是您。"

那些自认为最了解陈太太的人,从此都没有再见过她,也没有听到过她的消息。战争还在继续,她的大儿子还回来过一次,到处问有没有母亲的消息,但没有人知道。他在空荡荡的宅子里徘徊,没有任何她曾在他们离开后生活过的痕迹。她一定是被敌军杀害了,每个看过这所大宅的人都这么说。他只好又离开了,回到了父亲身边,全家人都当她已经死去那样悼念着她,孩子们为她披麻戴孝,因为她曾经是他们最爱的母亲,每个人都用自己的方式怀念着她。

她已经忘记了自己到底是谁。战争还在继续,对她来说,自己的一生似乎从未扮演过任何角色,除了那些年轻人口中的"游击妈妈"。士兵们都是刚毅又简朴的年轻人,对她来说总是太不爱干净了。他们弄破的衣物永远补不成她想要的样子,不管愿不愿意,她都要一直夸赞、批评、命令、责罚他们,在他们做错事的时候严惩,在他们垂死时抚慰。她选择了留在他们身边,她必须引领和追随他们。现在她知道,只要战争不停止,和平不来临,她就不能离开,直到她自己在路途上的某处找到平静的那一天。

他的国,他的家

张约翰心里一直清楚,自己从小居住的纽约莫特街并不能算是他的故土。人们都管这个地方叫"唐人街",但那和故土的意义不一样。他对这几条嘈杂和越来越窄的道路无比熟悉,包括那些贩卖各色货品的商铺,其中的货品既有来自大洋彼岸的,也有美国当地的。这里有许多与他同样是黄皮肤黑眼珠的男人、女人和孩童,他们有不少都是在这个拥挤喧嚣的街区出生,而且从未去过其他任何地方,他自己就是其中之一。不管怎样,他知道,这里不是他的故土。

他并不是刻意不合群,但从幼儿时起,他就不太喜欢唐人街。不过,也有很长一段时间,他的脑海中从未出现过任何其他地方。他的婴儿时期过得很平静,一直被母亲抱在怀里。醒来的时候,跟母亲一起盯着父亲的古玩店外,街上来来往往的行人和车辆看;睡着后,他被抱进昏暗而狭小的里间，那里充斥着干草药和姜、茶的气味。这两个位置就是他的全部世界，也是幼小的他认知中的故土。

他第一次意识到自己并不属于这个地方，他们全家人都不真正属于这个地方，是去上学以后。他的父母在饭桌上大声地讨论过这件事，最后决定不送他去幼儿园，他也毫不介意。毕竟，在街道上跟邻居家的几个男孩子追逐打闹要有意思多了，他们总是一起爬上汽车车顶，捉弄好脾气的警察。后来，他满六岁了，不能再这样满街乱跑了，得开始读书了。有天一大早，他的母亲穿着黑色的中式旧棉袄，脖颈处的第一个纽扣没系上，头发也乱蓬蓬的，一边给他穿上一尘不染的蓝白条海魂衫，一边用中文叮嘱他男孩子第一天去上学要注意的事情。这么多年来，母亲一直没能学会英语，他在家里也一直跟她说中文，但一到街上，他就像白人男孩那样一口纽约当地腔了。他默不作声地听着她的话，意识到自己身上有了一些并非属于纽约街头的端庄。母亲严肃地说："咱们是中国孩子，得乖乖听话。"父亲也说："别忘了你可是炎黄子孙，我现在还没攒够钱，只能住在这儿,但你可别整天跟那些野蛮的洋崽子们混在一起。要懂礼貌,尊重老师,听长辈们的话,专心读书。"

早饭过后,父亲和母亲都停止了进食,把筷子悬在粥碗上方,继续向他提出各种重要的建议。父亲给了他一个专门在学校里用的学名:"约翰·杜威·张",之前他在家里一直被唤作"狗儿",在街上被叫"中国佬"。父亲专门把这个学名写在一张纸片上,让他交给老师,写进花名册里——"约翰·杜威·张"。父亲解释说,约翰·杜威[①]是一个曾经帮助中国人开办新式学堂的美国人,自己还在中国的时候,在报纸上读到过他的事迹。

父亲把他送到学校,交给他的老师,从那一刻起,他的学习生涯开始了。那天,学生们被要求排成一长列,从这间小教室走到另一间大些的,他们必须两两结伴一起走。张约翰欣然站了起来,却没有人走到他的身边,每个人都结上了伴儿,

---

[①] 约翰·杜威(John Dewey,1859—1952),美国哲学家、教育家,与皮尔士、詹姆士一起被认为是美国实用主义哲学的重要代表人物。1919年—1921年,杜威在中国生活,除了教学,还做了大小演讲两百多次,足迹遍及各地。他被蔡元培直接称为"西方的孔子"。——编者注(本书注解均为编者注)

他却还孤零零地站在中间，最后只剩下一个又矮又胖的白人小女孩了，头上编着紧紧的辫子，绑着红色的蝴蝶结，她也一个人站着。

"玛丽，"班里的老师平克尼小姐说，"你来跟约翰站一起吧。"

但玛丽完全没有挪动，还猛烈地摇晃着脑袋，约翰看呆了。她不情愿地说："我才不要！我才不要走在一个中国佬旁边！"

平克尼小姐严厉地瞪了她一眼，自己伸出手拉住了约翰，说："好吧，那你自己走，我跟约翰一起走。"

两两排成的长队无比沉默，张约翰明白，那沉默并非源自同情。他小心翼翼地牵着平克尼小姐的手，却高兴不起来。如果能选择的话，他更愿意跟玛丽一起走。这就是他在学校学到的第一课。

他的学习生涯由此开始，持续了许多年，他也慢慢习惯了许多事。他学会了安静地等待，直到每个人都找到了伴儿，如果足够幸运的话，他是唯一一个剩下来的，就会自己走过去站到队伍的末端；要是还有另一个人落单，特别是剩下了一个女孩的时候，他学会了冷漠地站在一旁，默默地等对方行动。就像长了触角一样,他开始能够感知到氛围的微妙差异,知道对方是否排斥。他从未抱怨过,也没有告诉过自己的父母。他退入自己的世界里,变成了一个沉默寡言、刻苦学习的年轻人,安静、得体,又有些忧郁。他一直拿着全班第一的名次,获得过各种各样的奖项,父母提到他,都无比骄傲,还聊过他长大以后如何继承家业。不过,即使他每天晚上都帮父亲清点账目,也从未想过以后接手这个铺子。因为现在的他,已经知道,这里不是他的故土,他心中有一个隐秘的期望,一个隐隐作痛的梦想,就是有朝一日回到那里。

父亲店里卖的串珠、佛像、卷轴山水画等数以百计的新奇玩意儿,让他更想要亲自去它们的产地看一看。他温柔地把它们从铺了茅草的大木箱里取出来,箱子上印着黑色和红色的方块字。他梦想和期待着那一片大陆,那个能制作出这许多精巧物件的地方——他的故土。

对于那个地方,他当然早有耳闻。他不光在学校里读过莎士比亚、美国历史、惠蒂尔①和朗费

---

① 约翰·格林利夫·惠蒂尔(John Greenleaf Whittier, 1807—1892),美国诗人。

罗①，也学会了自己母语中的方块字。每天晚上，一个年迈的中国先生都会来教他汉语，还有抑扬顿挫的汉语古诗。他的邻居刘乔治和金露丝一直十分抗拒学习母语，到现在都还不太会读方块字。露丝总是摇晃着她那满是漂亮黑色卷发的脑袋说："天哪，这都是些什么啊！我可不打算学这些东西！"她的黑眼珠总偷偷地瞄着哈利·希尔斯，那个隔壁开杂货店的年轻白人男子。她自然不可能跟一个洋人结婚，不过跟他们玩玩还是挺有意思的。今后她肯定会跟一个中国男人安定下来，结婚生子，但那种老古董可不行。她得嫁给一个聪明的小伙子，或许是刘乔治，如果他能变得足够聪明的话，他们可以住进一间带电炉子的小公寓。要是有人问她，想不想回中国去，她就会大笑着尖叫道："回哪儿？我可不去！听说那地方整座城都没有电灯！而且女孩们都被关在家里，连门都不能出呢！"她又叫了一声，尖声笑着，音量很大，因为哈利·希尔斯就站在店门口。他懒懒地冲她笑了笑，叫道："我打赌他们可关不住你！"

---

① 亨利·沃兹沃斯·朗费罗（Henry Wadsworth Longfellow，1807—1882），美国诗人、翻译家。

"不用打赌,绝对关不住!"她回敬道,冲他眯了眯眼睛。她在电影里见过黄柳霜做这个动作,觉得很好看,充满了东方的魅惑。

张约翰板着脸盯着她看。这时太阳刚刚落下,他已经从学校回了家。这是他在中学的最后一年了,明年他就要去读大学,接下来就可以去寻找自己的故土了。他的故土——这个词如今已经充满了美好而神秘的含义。他若有所思地扫视着面前的街道,到处都充斥着噪声,车辆的轰鸣和孩子们的哭闹,邻街的电车从街角传来刺耳的鸣叫声。他最小的弟弟正趴在他脚边,饶有兴致地扯着他的鞋带。弟弟还不满两岁,他出生之后,店铺楼上这间小小的套房已经满得不能再满了,但家里并没有换大些房子的意思。全家人局促地分开睡在两间卧室里,也算是乱中有序——妹妹们住在另一个房间,父母的床用帘子隔起来,还装了隔板,但他依然很期待离开这个地方。凝视着眼前晚春的夜色中嘈杂、混乱而拥挤的街道,他愈加向往自己的故土。在那里,乡下的道路一定是平和安静的,村民们走在路上唱着民歌,路边是刚耕过的田野,人们是礼貌、规矩和脚踏实地的。他会在那里找到自己的同胞，自己的血脉。他曾经听母亲讲过她长大的小村镇的故事，那是在中国南方。她说，那儿的每个人都是快乐的，每个姑娘都漂亮又淳朴，跟这些浓妆艳抹的黄头发洋人女子简直是天壤之别，也跟金露丝一点都不一样。他忽然感受到一股浓烈的思乡之情，即使自己还从未亲眼见过故乡。

在州立大学学习的四年中，他稳步实施着自己的计划。他变得越来越像一个典型的中国人，他让同学们以为，他不是从纽约那条拥挤喧闹的街道而是从某个中国南方的宁静小镇远道而来。中国正是在这四年中爆发了革命，他组织学校里的七名华裔同学成立了一个爱国者社团。他为了把钱省下来，每天都不吃午饭，还逼着其他的成员捐了好多钱，三个月之后，他们攒下了足足九十多美元。成员们为到底该把这笔钱捐给中国的什么机构激烈地争论了很久，研究了许多祖国的报刊新闻之后，他们发现能用到钱的地方很多——可以捐给灾民，因为不久前又爆发了大饥荒；也可以捐给新政府造飞机；或者资助修建新道路。几个星期的犹豫之后，他们最终决定选择资助修路。

于是钱被换成一张支票,寄给了南京的政府,还附上了一封长信申明捐款人的心愿。将近半年后,一张礼貌的回信寄到了,上面还盖着国民政府的章,说钱收到了,会保证用于道路的建设,信的最后充满了嘉许之词,称赞他们的爱国主义情结,还签上了总统第三秘书的大名。

这是他与故土的第一次接触。张约翰把信握在手中,激动得心怦怦直跳。当把信的内容读给成员们听时,他几乎忍不住要哭出来。罗亚特有些怀疑地说:"没错,说的是挺好听的。我爸说,去年他们也捐钱买过飞机,但那些人自己把捐款给花掉了,飞机连影子都没见着。或许就是同一帮人!"约翰一下子生气了,冲过去猛推了他一下,大声说:"你是在怀疑自己的国家吗?你是说咱们的总统秘书在撒谎?"

亚特撇了撇他线条精致的嘴唇,冷笑了一下,不再作声。反正这已经不关他的事了。他满脑袋想着这天晚上和一个金发女孩在小咖啡馆的约会,轻轻地吹起了口哨。

就这样,其他同学都忙着踢足球、看电影和

约会的时候，张约翰把整个大学时光都用在了如何重返故土的计划上。他曾经纠结过，是毕业后先去学一门特别的技术，比如考取飞行员、建筑师或者医师执照，还是拿到毕业证书后直接到中国去。他在心里反复掂量了很久，还是希望能直接走，不多耽误时间。无论如何，大学文凭已经很有用了。他可以谋一份教书的职业，或者去政府工作——现在他的祖国百废待兴，肯定有各种各样的职位空缺。那里一定不像在美国，不光找一份体面的工作十分困难，还得和别人争抢工作机会。祖国到处有新路在建设，飞机飞来飞去，大楼拔地而起，各行各业蓬勃发展……整个国家都在奔涌向前。最好此刻就将自己的青春投入其中，一刻也无须等待。反正只要回到故土，就能找到可以做的事情，如果不合适的话，他还可以再回来。但他心里知道自己不会再回来了。毕业后，他马不停蹄地赶回了莫特街，准备和父母告别，去买回中国的三等舱船票。

　　不过，最后他还是被耽搁了一下。他吃惊地发现，自己出于某种原因迟迟不愿动身。忍耐了两周家里的噪声和炎热之后，他的票买好了，也跟父母说明了去意,母亲一遍又一遍地跟他说:"等你见到我敬爱的婆婆时,一定跟她说,不能待在她身边伺候是我的遗憾;见到我尊敬的公公、我的兄弟和他们的媳妇……"父亲也激动地谈论着新时代:"我还年轻的时候,一个男孩排行第八,家里又没有多少地,是什么都做不了的,我只能抓住机会跟着大伯父出了国,帮他打理生意。后来我留了下来,他们把你妈送过来,然后你就出生了。现在我很自豪,我的大儿子就要回我们的祖国去看看了……"所有的话都说完以后,一切也都准备好了,约翰却突然发现,自己还不想出发。

一开始,他并不明白自己为什么犹豫了。一定不是舍不得这座喧嚣的城市。有天晚上,他站在那儿盯着眼前的车流,不觉有些忧伤。他并不喜欢这些快速移动的刺眼灯光,它们总是在他眼前猛地一晃就消失了。电车发出的轰鸣和车轮滚动声中没有什么韵律可言,不可能让他产生离愁别绪。除了他的家人,这里的任何人,就算此生再不碰面,他都毫不介意。任何人,除了……他突然想到了一个人,一张卷曲的黑头发下的小小圆脸,总是兴冲冲的样子——没错,就是这张脸,制造了所有的麻烦!他想要再看看这张脸,再看一次,再看一次……原来,那是金露丝!

意识到这一切后,他飞速躲进了幽暗的小古玩店中,一个更为幽暗的角落,在佛像、唐三彩和悬挂的清朝马褂之间,他坐了下来,把头埋进了双手中。他完全不希望自己爱上金露丝,也不想结婚,就算结婚,也不该娶金露丝这样的女人。母亲跟他讲过大洋彼岸的女人,说她们又规矩,又温柔,眼神温顺甜美,对夫君无条件服从。他也曾经想过,或许未来某天自己会在一个种着竹子和夹竹桃的小院子里,跟这样一位贤惠的女子共度余生,但绝对不是满嘴美国俚语、聒噪活泼的金露丝!不过,这显然已经发生了,他发现自己放不下她。

他们当然已经见过很多次了。谁能躲得过她呢?他苦涩地想。她仍然住在隔壁,来来去去都兴高采烈地大着嗓门,每天去商务学院学速记,为了以后接父亲的班——她父亲是一个卖茶叶和油的商人,一直没学会复杂的海关计税法,露丝很久以前就决定继承家业,也很早就开始在家里帮忙做会计了。她总是希望把一切都掌控在手中，每年都帮店里做越来越多的事，帮脾气和善却日益衰老的父亲分担工作。如今，美国商人们也开始涉足茶叶批发的产业，她作为一个年轻精干的美国女人，一个明明长着笔直黑发却硬要上卷的，有着弯弯的黑眼睛、光滑的橄榄色皮肤的美国年轻女人接待客户。抛开外表，她的声音也带着十足的美式风格，发音清晰又有点生硬，鲜艳的红嘴唇中蹦出的词带着纯正的纽约街头腔。男人们看她的眼神有些戏谑，偶尔也带着些渴望，希望能在她身上找点乐子。但她从未承诺过任何人什么，至少没认真地承诺过什么。每个人都知道，金露丝足以养活她自己。

每个人也都认为，她一定会嫁给刘乔治，连两家人也都是这么想的。但是忽然有一天，六个月之前，露丝改变主意了，她坚定地对父亲说："不行，我不想嫁给乔治。"后来每个人都知道她说了这句话，因为她父亲告诉了自己所有的朋友，朋友们又告诉了自己的妻子，约翰就是在家里的餐桌上听母亲说的。

"那个金露丝，"她难过地说，"她简直成了一个美国人了。这么多年,她跟刘家的儿子就跟定了亲差不多,两家的父母也都在筹办了,现在说不结婚就不结了。"

"为什么不结了?"父亲有些心不在焉地问。他对金露丝或是刘乔治都丝毫不感兴趣,但毕竟是莫特街上的八卦。

"谁知道呢!"母亲叹了口气说,"她嫌他不够聪明。她说自己只肯跟一个特别聪明的男人过日子。"

张约翰独自坐在古玩店里,苦涩地想着这一切:"她一定不会觉得我聪明的,她总是取笑我,因为我想回中国去。我经常听她叫我'笨蛋',说我子承父业会更好。"

随后,他想起了金露丝闪亮的黑眼睛和丰满的红嘴唇——完了,自己不可救药地爱上她了。

他把起程的日期延后了一些,但是不多。他给了自己几天宽裕的时间游览美国西海岸,但他根本没兴致去看什么风景名胜。回家后,他闷闷不乐地跟父母说:"我有点不舒服,再等一天吧。"

他又等了一天,思绪疯狂地四处飘荡,他刻意不去见金露丝。自从回来以后,他已经养成了一个自己都没有意识到的习惯,就是每天站在门口等着看她回家来。现在他不打算再到门口去了,一整天都不去。但第二天是个星期六,他忽然抑制不住地想要见她。他感觉自己如果一次都不见她的话,第二天会没办法离开的。而他必须走,不然就会错过轮船。他对自己有些恼火,倒在床上喃喃自语,翻来覆去。忽然间,他又跳起身来跑下楼梯,冲进了隔壁铺子。因为是周六,他知道露丝会在什么地方——她肯定在里间帮父亲整理一周的账目,微微噘着鲜红的嘴唇,肤色健康的小手中,握着一支铅笔。

她果然在那里。他一刻也没浪费,站在她面前,头发依旧乱蓬蓬的,衬衫上也没打领带,就那么急匆匆地说了出来,因为都怪她,把他最重大的计划延迟了:

"你要不要跟我一起到中国去?"

她看着他,无比震惊,眼睛睁得很大。她从未尝试对张约翰放电,从来没有。他们总是吵嘴,总有说不完的话,比如,关于回中国这件事,他们就吵过很多次。她把铅笔插进了自己蓬松的发卷,它在那里直立着,像一根叛逆的羽毛。

"我为什么要到中国去啊?"她立刻反驳,"我才不要到中国去呢!我是美国人,任何在纽约出生的人都是美国人!"

"因为你的国家需要你!"他冲她大喊。她看上去太美了,他更加愤怒。为什么她在这个上午非得穿上一件这么漂亮的玫瑰粉色亚麻连衣裙?为什么她的皮肤就像金色的丝绒一样光滑? "当你的国家需要你,你却留在这个地方!"

"谢谢了。"她冷漠地说,"等那个老镇装上几盏电灯和一个浴缸之后,我会好好考虑考虑的。"

"除了舒服,你什么都不在乎!你必须得去!"他说。他很想摇晃她,拍打她,告诉她必须得去,因为……

她站了起来,将两只小手叉在腰上,把他从头到脚扫视了一遍,从蓬乱的头顶到脚上发黄的牛津皮鞋,问道:"你以为你是谁,约翰·杜威·张先生?你不能这样对一个美国女人说话!你说,我凭什么就得去?"

"因为……因为我爱你!"他意外地脱口而出。原本他并没打算说出来的。

他们注视着彼此,露丝猛地坐下,把铅笔从

头发里拔了出来,开始继续算账。她冷冷地说:"你走吧,约翰·杜威·张。这一点都不好笑。"

"我不是在开玩笑。"他绝望地说。

"对我来说,就是个玩笑。"她说,"让我回中国去?跟你?这绝对是个玩笑。"她有些开心地噘了噘鲜红的嘴唇,又悄悄斜眼看了看他,但看到他也看向了自己,就大声叫道:"不,我是认真的。你去吧。"

"你是说,让我去中国?"张约翰低声问道。

"是的,去中国吧。"金露丝坚决地说,随后紧紧地闭上了嘴巴,低头翻动了一页账本。

他又注视了她一会儿,她没有动,也没有抬头,他只好转过身去。好吧,那就走吧。正当他走到门边时,她又叫住了他,他回头看,发现她正在若有所思地盯着他,声音也变了,低而沙哑,她低垂了一下睫毛,又看着他,说:"如果,如果我想让你留下,你会留下吗?"

他诧异地盯着她——什么?让他放弃自己的国家?自己魂牵梦萦这么多年、无比向往和热爱的国家?

"不!"他大喊道。他甚至不愿意给自己时

间考虑。

她耸了耸肩膀，笑了笑，又无所谓地说："那就去吧，到你的中国去。"

他走了，没有一丝犹豫，行色匆匆。在还没有反应过来之前，他已经乘着火车穿越了青翠的田野、庞大的都市、小小的村镇、辽阔的草原，到达了海岸边。在开始思考之前，他已经登上了一艘大船，周围满是三等舱的乘客，外面只有呼啸的海风，身处船舱之中，被一群陌生人围绕着，他拥有了无限的时间，去思考，去想象。

但是此刻，他的梦想变得凌乱了。它们不再是从前的样子，从前，他跟自己的同胞生活在一起，或许是革命领袖，或许是政府要员，或许是外交官……总之，是在自己的故土上过着出人头地的生活。但是此刻，他头脑中的梦想，被一张小小的圆脸搅乱了，它的主人总是骄纵任性，那乌黑的眼珠，中式面孔上顶着一头美式大卷发，黄皮肤的苗条身躯裹在玫瑰粉色的美式连衣裙中。他一次又一次地冲出自己的舱位，在不算宽阔的甲板上走来走去。他还爱着她，也还在生着她的气。他无数次告诉自己，她身上满是毛病，没有一处是符合一个传统中国女性的——整天跟男人闲聊,笑声太大,也不听父母的话。有一次,她甚至嘲笑自己的父亲说英语时口齿不清!没错,父亲确实把她惯坏了,也经常跟她开玩笑,但她这样也太不尊重长辈了。他记不清听自己的母亲说过多少次,她夜里回家特别晚,每次都被不同的男人送回来!他把她的缺点一一数了,努力让自己看明白没跟她在一起是多么幸运,但他却依然痛苦地呻吟着,因为他是那么爱她,那么希望此刻自己不是一个人。

　　他开始全然地,迫切地,期盼着回归故土。对他来说,对故土的期盼是此刻唯一可以让他忘记露丝的方式。那里有崭新的生活、工作、奋斗和成就,他一定会忘记她的。他甚至可以在那里找到一个自己梦寐以求的女人,一定和露丝截然不同。他会在那里安家立业,娶妻生子,孩子们的母亲不会是露丝,而是一个目光柔和、安静顺从的女人——他的终身伴侣。但首先他得努力工作,成就一番事业。而第一步,就是找到自己的故土。

但是,他的故土在哪里呢?在海面上,它看似近在咫尺,就在岸边,也是河水汇入大海的地方。这就是他的故土,视野尽头的地平线。他的目光漠然地穿过海峡中一座又一座漂亮的岛屿,冷冷地凝视线条精美的日本山脉,等待着看海天之间故土的第一片陆地。他起了个大早,破晓后不久,就看到灰蒙蒙的天光中一道沉默的幽暗线条,上面没有山,没有房屋,也没有任何与他对话的东西,只有两条深色的手臂向海中伸出来拥抱着他,引他回家。他在甲板上凭栏远眺,心几乎跳出了嗓子眼。

片刻后,岸上开始出现零零星星的小房子,先是土地般的棕色,随即,土地般的棕色变成了青翠的绿色。看不到太阳,天还是灰蒙蒙的,地面的青绿在阴天中显得格外鲜艳,但房子和田地都很小,孤零零地散布在这两条无比宽阔的"手臂"之上。这里就是他的故土,他魂牵梦萦的地方。他目不转睛地看着,恨不得踏着昏黄的河水几步就跳到岸边,用自己的双脚好好感受一下这片在沉默中欢迎他的古老、踏实、安宁、一如往昔的土地。

顷刻,一切风景都变了。轮船驶入了一个两岸满是高楼大厦的区域,笨重地停靠进了一个港口,宁静被打破了,平和消失了。一群身穿蓝布褂子的矮小男人从码头跳上了甲板,叽里呱啦地,操着一种他完全听不懂的语言。他试着用从母亲那里学来的语言沟通,但他们都瞪大眼睛,只是上下打量着他。他指了指自己的几件捆绑整齐的行李,想找人帮他搬上岸去,但他们就像什么都没听到一样从他身边走了过去。他们在寻找什么,但找的肯定不是他。这些人全然不在乎他终于重归故土的重大意义,只是在寻找比他更有钱的人,比如游客和白人。他咬了咬嘴唇,盯着那些相互推搡的趔趄身影看了一会儿,只能一个接着一个拎起自己的包,摇摇晃晃地通过狭窄的舷梯走上码头。

就在那一刻,他全然失去了自己的故土。站在从船上涌出的和街上涌来的人潮之中,他觉得自己此刻可以是在世界上的任何地方,这地方甚至跟纽约也没有什么不同。他听不到任何能听懂的语言,除了英语,四周都是高大的西方建筑,耳边是电车的噪声。忽然间下起了雨,雨滴砸在码头的铁皮屋顶上，发出了鼓点一般的轰鸣声，他不得不躲进屋檐下等待着，跟一群鱼龙混杂的陌生人挤在一起。他一个人也不认识，也没有一个人来欢迎他回家。他悲戚地透过雨幕，凝视着浑浊的河水，一艘小船正在雾中穿行，船帆降了下来，船夫站在船尾掌着舵，黝黑的臂膀赤裸着，只在腰胯间系着一块布。身处全然陌生的环境，张约翰望着自己乘过的轮船，他曾经多么期待从那艘船上走下来，现在，它看上去却像港湾一样温暖，宛如他熟悉的家园。至少在船上，他是安全的和被保护着的。

片刻后，他猛地抖了抖自己的身体，这样可不行。他必须坚强起来，现在已经没有退路了。在他的口袋里，有一个父亲写给他的可靠的旅店的店名，还有一个跟父亲一起做生意的表哥的名字，父亲说，如果遇到了麻烦可以找他。他必须足够勇敢，因为他的故土就在这座港口、这些街道和这群人背后。他用一只手碰了碰身边的一个苦力，又指了指自己的行李，用命令的语气说："车！车！"那人迟疑了一下，盯着他看，最后还是嘟囔着抓起了他的行李。不一会儿，张约翰已经坐在油布帘扣得严严实实的车上，疾驰向前。他什么都看不见，除了车夫赤裸黝黑的双腿和倾盆大雨。

雨滴持续不断地砸落在黄包车薄薄的顶棚上。

他的故土到底在哪里？在那个简陋的客栈房间住了三天，他久久坐在窗前，凝视着狭窄街道对面的一座民房。除去挂在竹竿上晾晒的衣物风格不同外，它简直跟纽约城中的民房毫无二致——肮脏的孩童们跑进跑出，在闷热的夏日里一丝不挂；女人在他们身后追逐叫嚷着；没精打采的男人和鬼鬼祟祟的年轻女孩走来走去。他从没一次见到这么多这样的人，这绝不是他的同胞，虽然跟他一样，都是黑眼睛、黑头发、黄皮肤，但他不认为这些人是自己的同胞。

他开始厌恶这座客栈，决心离开。可是，当他询问表哥时，对方耸了耸肥胖的肩膀，对他说："那地方已经不错了，更好一些的就太贵了。"

"它很脏。"张约翰简短地说。

"你怎么跟个洋人一样。"表哥回答，"以后你会习惯的。"

他去看了表哥两次,每次离开的时候都很恼火。

他不敢相信自己的表哥会是这样一个人。他住在一间五六进的大宅子里,养了好多脏兮兮的孩子,到处都是女人们争吵的声音。这些女人有些是他的妻妾,有些是女佣,却没有一个人愿意把落在桌上茶碗边缘的苍蝇赶走。表哥请他来家里吃饭的时候,饭菜上面也落着苍蝇。但表哥并不是一个穷人,他有很多钱,也在做买卖珍奇物件的生意。就是他把那些佛像、象牙盒子、银器、刺绣长袍、熏香等稀有玩意儿寄到莫特街的,正是这些约翰无比熟悉的小东西让他对故土无比向往。此刻,他看到表哥那双棕色的胖手,丝绸长袍上的油脂,脖子上和肚子上的肥肉,尤其是当表哥因为天气热把长袍脱了,赤裸着上半身坐在那里时,他开始质疑自己一直以来的梦想。

表哥的女儿们一直在屋里进进出出,他打一个响指,她们就会端来茶水、递上烟袋,或是为他拿来舒服的旧鞋。表哥一直吹嘘着自己的几个女儿,说:"这几个丫头,我一直让她们待在该待的地方,就是家里。她们也提过几次要去学堂读书,但我在街上见过那些粗鲁的摩登女子,知道她们一无是处,学问只会带来麻烦——对养她们的爹是麻烦,对娶她们的丈夫更是麻烦。我自己娶的都是没见识的女人,她们都把我伺候得不错。"他嘬了一口烟袋,冲站在身边待命的一个女儿大喊:"找你妈去,别在这儿听男人们说话!"女孩离开以后,他沾沾自喜地说:"你看看,多听话。以后她也会这么听丈夫的话的。是我把她们教成了适合相夫教子的样子,反正女人嘛,也没什么别的事可做。"

的确,张约翰看着那个女孩顺从地走开,踩着小小的绸布鞋,脚步轻得像根本没人走过一样。不过,虽然她的面孔漂亮,举止规矩,不言不语,跟他之前梦想的那种女孩一模一样,但他看她的时候却没有一丝心动。他对自己说:"或许因为她是我二表哥的孩子吧。"但等他回到自己的房间,独自坐下之后,他震惊地意识到自己不喜欢她不是因为这个,而是因为她看上去很愚蠢,那张美丽的脸庞就像一个玩偶的脸。仔细想想,他不确定自己会情愿娶一个玩偶做妻子,让她伸手就伸手,让她亲吻就亲吻,让她来就来,让她走就走。

忽然间，他的脑海中出现了金露丝的身影，她不可能因为任何人的要求做任何事，她就这么看着他，愉悦地笑着，有些调皮的样子。他很庆幸她现在不在这里。

又过了一会儿，他一边看着雨水，一边想，这并不是自己的故土，故土一定不是这座肮脏的上海城，车马喧嚣，各色人等熙熙攘攘。在这条平坦的地平线之外，一定还有些别的什么，还有大片的土地等待着他去探索和发现。

他又一次拜访了表哥，说："我想再往内陆走走，想再去看看别的地方。"

听他这么说，表哥迅速地扇动着手中的扇子，说："我希望你可不是什么青年革命党，这些人给我们国家找了好几年麻烦了。就算你是，也别告诉我，我什么都不想听。但如果你想到内陆去，我倒有个差事可以让你跑一趟，跟你父亲的生意有关的。你可以到长江的源头附近去，那地方是四川省。我听说，那里有新出土的古代王爷墓，如果是真的，你去淘些便宜的玩意儿，多买一些带回来。但是这种和这种，不要买……"表哥仔细地跟他解释了一番什么样的货不能要，什么是真货,什么是假货,因为这年头真货里面经常掺和了些假的,为了迷惑买家,把它们一块儿买走。

就这样,张约翰走上了探寻故土之路,在长江上逆波前行。

他在沿途每一个地方寻找着自己的故土,但一路都只找到了相同的东西。他经过拥挤的都市,里面是积攒了几个世纪的污秽和噪声。除了最热的茶,他什么都不敢喝,即使被夏日的阳光炙烤着肌肤。每天只吃很少的米饭和卷心菜,因为那里没有冰,也没有任何防止食物腐烂的东西,大块的猪肉在烈日下悬挂着,一桶桶鱼在浑浊的水盆中苟延残喘,螃蟹上永远飞舞着苍蝇。晚上蚊子成群,在客栈房间里也总是被叮咬。他看不到远处美丽的山峦,也看不到河岸上苍翠肥沃的稻田和撒进河中的巨大渔网。跟他同乘一艘小蒸汽船的是几个僧人。这些僧人也算是他的同胞,是的,这些人都是他的同胞——小船停靠过的每一个城镇街道上,都能见到的盲人、光溜溜乱跑乱叫的孩子、河岸上一边争吵一边在岩石上捶打衣物的聒噪妇女、精明吝啬的小商贩、四处乞讨衣不蔽体的残疾人或麻风病乞丐。有一天他停了下来，站在这些人中间，环顾四周，在心中对自己呐喊："这真的是我梦想了多年的故土吗？这些人还有任何能被挽救的机会吗？"

这时候，他意识到自己心中升起了一股忧郁的乡愁，但这里明明已经是他的故乡了。现在的他，恨不得立刻回到父亲那个干净平和的小古玩店里去。此刻，他觉得纽约莫特街简直是全世界最好最整洁的街道，他无比怀念楼上浴室中那个洁白的浴缸。他转过身，快速走回自己的客栈房间，坐下来写了一封信，但不是给父母，而是给金露丝，他写道："你说得对，我就是个笨蛋。千万不要离开家，你说得太对了。"之后，他面无表情地沿着大河继续一天天的旅程，直到河流蜿蜒流淌在峡谷之间，河水越来越深，河面越来越窄，他终于到达了目的地。

他一次次地写信给金露丝，自己也不知道为什么，他清楚她并不在乎他。但是现在，他已经永远地失去了自己的故土，这里不是他的梦想，而梦想一旦幻灭，就变得一文不值。他学会了跟表哥介绍的商贩们讨价还价，在他们带来的每一件陶器或铜器上寻找赝品的痕迹，也分辨得出每个号称在自家地里挖出宝贝的农民到底是不是骗子。他学会了卷舌发音,说当地的方言,轻易不出手,总要还一番价,不紧不慢地办完每一件琐碎的事情。夜晚一个人躺在床上,他嘲讽着自己:不跟父亲一起做生意,万里迢迢跑到这地方来实现所谓的梦想,一场令人遗憾的追寻。他又写了一封信给露丝,不是想要求她做什么事,而是觉得自己必须给什么人写些什么,不能写给父亲,也不能写给朋友,不能让他们发现自己如此懊悔。

"在这里,我只能看到肮脏、蚊虫和乞讨。"他这样写道,"没想到这个国家是这样的。或许,这就是我的故土吧。在这里,每天我都得特别当心,不然就会被抢。在这里,随时都有人被掳走,却没有任何人出声……"

就这样,他把自己所有的抱怨、失望和懊恼都倾倒了出来,这样感觉好受些了,但他仍然每顿饭都吃不安生,都在埋怨着桌上的灰尘和肉上的苍蝇。因此,整座城都知道了这个不好伺候的客人,客栈看到他回来就如临大敌,人们给他起了一个外号:"洋鬼子",因为他就像外国人那样,有一点尘土或者一两只苍蝇都不行。

后来有一天,宛如大洋彼岸吹来的一阵尖厉冷风,他收到了一封信,是寄给他表哥然后转寄过来的,写信的人是金露丝。他忙活了一整天,寻找一座新挖的古墓,夜里才回到客栈,那封信就在桌上躺着。他打开了它,发现里面还有一层信封,又打开,看着里面露丝的笔迹,想象着她戏谑又坦诚的声音:"你这个笨蛋。"——他曾经很讨厌她这样的语气,现在却只想大声笑出来,被这样直截了当地迎头一击,他竟然感觉很好,唉,他真的已经受够了跟商贩们虚伪的客套——她这样写道:"你这个笨蛋,不然还能怎么样呢?就算只有一分钱,我也会来,不是去嫁给你,你也清楚的,我只是想看看事情是不是真的像你说得那么糟。"

抬头望向窗外狭窄拥挤的街道,他知道,自己并不想让金露丝到这里来。在这八月的夜晚,炎热的一天即将结束,人们的火气很大,尖锐的争吵声此起彼伏,有两个女人正在咒骂彼此,周围还有一圈看热闹的人。忽然,其中一个女人扯住了另外一个的头发,两个人在泥土中翻滚起来,互相尖声叫骂着。这种场景在这里并不鲜见,人群很快就四散开去,把竹床和草垫子搬出来准备在夜里乘凉。男人、女人和孩子们都躺下准备睡了,男人们光着膀子,孩子们光着屁股,女人们穿着单薄的麻布罩衫。他站在窗边向下望着,人们上空笼罩着大量的蚊虫,一个孩子在暮色中大哭,一只狗号叫着。这些,就是他的同胞,他一点都不想让露丝过来。

他走回屋内,点燃一盏小小的煤油灯,坐下来给她回信。夜间出没的蛾子在他身边扑扇着,他站起来两次踩死脚边出现的蜈蚣,能感受到那带硬壳的躯体被他的美国皮鞋无情碾毙时的轰然巨响和惊心动魄。他写着写着,最后终于停了下来,又补上一句:"就算是这里的煤油灯,也是美国来的。你最好还是继续待在美国吧。"他精疲力尽地爬上床,连心脏都沉默了。他想,现在已经跟露丝坦白了一切,自己一定彻底失去她了吧。

当然,现在已经没有退路了。他的自尊心不允许他回头。这么多年,他在中学创办了华裔男孩爱国者俱乐部,也在大学里为国民革命政府募捐,为国效力一直是他的梦想,现在决不能回头。

他已经将自己和故土紧紧联系在了一起。他也去过了新首都,无言走在陌生的街道上,发现自己期待见到的是一个跟纽约、华盛顿,甚至明信片里的巴黎类似的地方,但眼前只有几条草草建成的宽阔街道,几家新开的单层商铺散落其中,有两三栋大些的建筑,都是新盖的,一半还是空的。他试着走上大楼的台阶,却被守卫厉声喝止,他转身离开了。如果是个有影响力的人物,或许能够进去,但他只是个无名小卒。他在城市外围走了很久,最后来到革命英雄的墓地旁,墓碑就那样矗立着,巨大、丑陋、崭新,从远处看像长满绿树的山坡上的一道伤疤,里面躺着死去的英雄。他又离开了。

有一次,他跟表哥告了几天假,去母亲长大的南方村庄看了看。他先乘了一条甲板上跑着老鼠的小船,又改搭独轮车,总算到达了那一片平坦的农田。那里对他来说,是他梦想的最后一个堡垒。但当他从车上下来时,一只狗冲过来朝他狂吠,虽然他赶走了它,却不得不一直心惊胆战地走到村口。那也不过是一个平平无奇的小村庄,几片简陋的砖土房凑在一起,里面的人跟他之前在任何地方见过的农民无异。都是些同样的人和事——男人们狐疑地观察着他的洋腔洋调,女人们一声不吭往屋里躲,一条狭窄肮脏的小道,一两家不太干净的茶水铺子,空气中弥漫着作为肥料的人类排泄物气味、不出声盯着人看的小女孩……他甚至没有多待,也没打算去寻找有血缘关系的亲人。如果这些就是他的亲人,那他宁可从不知晓。他转过身,对独轮车车夫大喊道:"咱们走吧!我想立刻离开这个地方!"

在乡间小路颠簸的回程中,他暗暗庆幸自己写了那封信给金露丝。他很高兴自己告诉了她,别到这里来,留在纽约,嫁给刘乔治,住进一套整洁的小公寓,有电炉子和冰,生活在一个干净舒适的地方,干净、舒适的地方……

他压根没想到,上海有一封金露丝的信正等着自己。三个月后,它跨越了数千英里才来到他手中。他甚至感觉到,那封信轻松愉快的气息就要透过信封涌出。美国来的信纸在他的指尖又干又脆,特别是跟他现在已经用惯的表哥家柔软的账本相比。打开信时,纸张发出清脆的声响,里面的话语如水一般流淌出来，生机勃勃，坚定而令人难以置信。他看得到她亮闪闪的双眼，听得到她银铃般的笑声，看得见她苗条动人的身姿，她用手指拨弄着头发……"我要过来了，约翰·杜威·张。"那封信开始得无比直白，"我改变了主意，被你说服了。我猜，古老的故乡确实需要我，你也是……"

她的来信总是这样，几句新闻，一两个笑话："刘乔治走了，娶了那个汽水铺的女孩。我早就知道他脑袋不够聪明了！无论如何，现在我爸妈总算不逼我了。"接着，她又说，"我的票买好了，你收到这封信之后一周我就到了。我爸会跟我一起来，他有正事要办，而我的正事就是你。"信的最后，还有一行小得不能再小的字，他好不容易才看清楚："你可以去准备戒指了，如果还愿意的话。"

他在恍惚中把信重新叠好。这些天，她一直在来找他的行程中，他却一无所知！她在船上乘风破浪，日夜兼程向他赶来。而此刻他的第一个想法，竟然是不知道怎么办。瞬间，他有了一种手忙脚乱的感觉，觉得自己得在她到达前把一切都打扫干净。他忽然因一切而惭愧，因为这里的肮脏贫穷，到处是沉默愚昧的女人、肥胖的表哥的身影，以及这个简陋的客栈和房间而惭愧。他跑到镜子前看着自己，也为自己惭愧——他的头发长了这么长，完全没修剪过，他还穿着一件脏兮兮的褂子，要是在纽约，他是绝对不会让自己这样一副样子。在这个地方，直到现在他从来没有在乎过自己的形象。但现在只剩下一个星期了，他还能做什么呢？

不过最终，他真的在一个星期之内准备好了一切，至少是他能想到的一切。他坚信，在自己的祖国，总该有那么一方小小的洁净而温暖的土地，会成为他和金露丝的家。他赶到表哥家，向他借了一大笔钱。在张约翰滔滔不绝的一番解释后，表哥狐疑地问："一个美国女孩吗？"

"当然不是。"张约翰说。随后他又停住了，想想也算是个美国女孩，但没有说出来，怕他表哥多想。要是表哥知道是为了一个美国女孩，肯定不肯借钱的，于是他摇了摇头。无论如何，金露丝并不是一个真正的美国人。

他用借来的钱租了一个小小的房子，不是在表哥的铺子和其他中国人聚居的客栈附近，而是很多美国人居住的租界边缘。他不能让他的露丝经历自己经历过的一切，不能也让她的梦想骤然破灭。租来的房子里，小院中长着一丛小小的木香蔷薇，即使现在是秋天，枝头仍然开着几朵花儿，那么春天一定是香气袭人的。院子里还有一株夹竹桃树，这个小院已经闲置了很久，他雇了一个表哥家的女佣来彻底清扫了一番，还在外国铺子里采购了些露丝用得着的东西，有一张地毯、两把椅子、一张床、一张桌子、窗帘、几个碗碟和几幅画。最后，他才想起来，该买画的，赶忙跑到爱德华七世大街上的画廊里买了三幅风景画，上面有色彩明艳的湖和山。

之后他就没有什么时间了，因为露丝的船一小时后就会到达港口，他得立刻赶过去。

等待的时候，他觉得有些不可置信，露丝真的会在这个港口出现吗？他想象不出。环顾四周，他对这一切产生了一种新的感知，仿佛他对这些衣衫褴褛的苦力、这些栏杆外提着小篮子售卖脏肉干的小贩难辞其咎。他旁边也站着几个衣着光鲜的白人，他因他们如此整洁时髦而心生怨恨。欣慰的是，他也看到两个漂亮的身穿长长丝质旗袍的中国女孩，正跟她们的母亲和一个女佣站在一起。至少还有几个体面的人。虽然不常见到，但高墙后的某处或许隐藏着许多这样的人。嘈杂饥饿的普通百姓太多了，平日就像是完全没有生活优渥的人，但今天至少还有这几个人能让露丝看到。她会觉得有些异样，她当然会觉得异样。他得让她一点一点看到这些，别一下子吓到她了。很庆幸，他租下的小房子里至少通了电。

接着，在他还没完全做好心理准备之前，船靠岸了，舷梯被抛了出来，露丝出现了！他跑上前，她让他抓着她的手，他不可置信地注视着她。

"我爸在这儿呢！"她笑着提醒道，他朝她身后那个壮实的老头鞠了一躬。"我带来了你父母写的信。"她又说，但他完全没听进去，只是接过了她从手提袋里取出的信，继续盯着她看。她比以前更美了，但仍然如此洋派。身穿裁剪合身的蓝色套装，她看上去就像一个不折不扣的美国人，除了她的脸蛋。

她饶有兴致地四处张望着，说："哇，这里看上去太不一样了！我从来没见过这样的地方，但又好像曾经来过似的！"

走出海关和港口,他想叫一辆出租汽车,却被她伸手拦住了。她指着一辆黄包车叫道:"咱们坐这个吧,多有意思啊!汽车太普通了!"

片刻之后,他们被气喘吁吁的苦力拉着穿过外滩。她转过身冲他挥着手,开心地笑着,大叫道:"这简直比野餐还好玩!"

没错,就是这样。一个星期后,两个人在种着木香蔷薇的小院子安顿下来,他越来越对她刮目相看。她身上的某些东西变了,说不清是什么,但让她更加柔和。从前在纽约的时候,她总是满嘴俚语,牙尖嘴利,是一个刁蛮的丫头。但此刻,身处这座上海城郊的院子里,她身上的尖锐渐渐消失了。她变得不那么爱讲话,曾经引以为豪的美式俚语在对话中越来越少出现。他有些沮丧,暗自想:她一定是开始讨厌这个地方了,就像我一开始的感觉一样——失望。一切都比她想象的还要糟。

"你之前写的那些多脏多穷的地方,都在哪儿呢?"有一次她这样问。

他害怕极了,说:"可能是我太挑剔了吧。"为了岔开话题,他赶忙说:"露丝,夹竹桃要开花了。"

他曾经对她说过,自己无论如何都会选择故土,不管她在不在身边。现在,体验过了有她时刻相伴、吃饭时她就坐在对面、随时可以把她搂在怀中的日子,他意识到,如果她不在,这个地方就不能称为他的家。任何没有她的地方,都不是他的家。如果现在她想回纽约去——即使现在这个小院子对他来说刚刚有了家的感觉,即使在这些街巷中环顾四周时他的内心不再空虚,因为晚上有一个可以称为家的地方能回——他也会义无反顾地跟她回去。

确定了这些后,他发现,一天的工作结束,可以回到自己干净明亮的家中,这彻底改变了故土对他的意义。他开始不在乎奔波于污秽的巷弄中,也不介意路上有残疾的乞丐,对无知和吝啬的人们也能够容忍了。因为他知道,自己有了一个家。晚上,他可以回到露丝身边,跟她一起读书、聊天、听唱片,甚至去看电影,虽然他最喜欢的,还是听她说话和大笑的声音。

但她依然看上去一天比一天闷闷不乐。有一天晚上,他绝望地想:"我得带她多去租界,那里更像纽约。"于是他大声问:"亲爱的,你想去夜总会玩玩吗?"他们之间依然用英语对话,因为她的中文还远远不够好。他们一开始还会拿彼此的中文水平打趣,她也会问他不同的东西用中文怎么说。但现在她已经从女佣那里学会了不少,到达两周后她还让他给自己买了一本书——"就是孩子们在学校里用的那种。"她解释道。之后她还想要跟一个老师学,他请了一位老先生来家里教她怎么用毛笔写字。他们去了夜总会,也跳了一会儿舞,但不是太久。她看上去并没有特别享受,即使去那种地方不便宜,花了他将近五块大洋,也正因为如此,他们也不能常去。

到中国两个月后的一天,吃早饭时,露丝斜瞥着他,问:"你觉得,如果我换掉纽约的衣服,开始穿这里女人们穿的款式怎么样?"他注视着她,简直无法想象她身穿一条柔软又合身的光滑旗袍的样子,她的脸似乎是生来就该穿她带来的那些美式服装的。"那……"他刚开口,就被她打断了:"先什么都别说,等着看吧。"

那天晚上,他一进门就看见了她。她出门给自己买了一件绿色的丝绸长旗袍,领子很高。她还把自己的短卷发都弄直了，小小的圆脸在柔软的旗袍上，就像一朵娇艳美丽的花。她的动作也变得沉稳而温柔了，她的笑容也变了，不再戏谑粗鲁。他简直不敢相信，这个端庄的女人跟曾经与街上的杂货店老板眉来眼去的女人是同一个人。他在门口一直盯着她看。"喜欢吗？"她轻轻地问。

"喜欢。"他回答，除了看她，他再也说不出什么话来。吃过晚饭后，他有些困难地问，十分惧怕她的回答："这衣服，穿着难受吗？"她手里正在缝补什么东西，抬起头来，说："完全不会。而且，我觉得到现在，才总算找到了适合我穿的衣服。"

但他每天往返于表哥的商铺时，仍不忘告诉自己，是租下的小院子保护了她。她的生活不算艰难，住在这样一座干净的小房子里，门外就是柏油路，她不需要见到其他的街道。他每天都在这座城市中的各个角落来来往往，但她可以就近去外国租界，逛敞亮的商铺，路上是汽车。他也小心翼翼地透露过一点点有关内陆的饥荒、强盗和战争的消息，但她并不是太感兴趣。这些事对于这里来说，简直像莫特街一样遥远。她从来不读英文报纸，也还读不懂中文报纸，这个小院子就是她生活的全部，而他，也可以因此松一口气，至少他给了她安稳和快乐，让她对这座城市的黑暗之处知之甚少。确实，他想，她现在的生活状态就跟在一座美国的城市生活相差不大，安全而远离苦涩的真相。他每天回到家，跟她在一起，在这个小小的避难所中歇息，对外面真正的世界视而不见。有时候，她也会提起一些偶然看到的场景，比如有一天早晨，外面的柏油路上竟然扔着一个死去的女婴，他试着把话题岔开了。到了后来，她只在他回家的时候才是愉悦的，对他无比温柔和顺。对他来说，这是一个奇迹，因为金露丝变成了他曾梦想的那样的女孩，大门不出二门不迈，甜美而顺从。

不过，那些他不想让她知道的事情还是如洪水一般涌来了，而且是他最不愿意的时刻——知道她怀孕的时刻。"是个儿子。"她自信地说。现在他明白，为什么她不再想穿那些贴身的美国衣服，而是想穿长长的旗袍了。她说："我一发现，就想穿了。"此时，她的小腹已经在那漂亮笔挺的旗袍下微微隆起，她也显得愈发优雅了。现在的他知道，他必须在自己为她创造的这一方洁净而安全的摩登天地里好好地保护她，不被外面那个巨大、阴暗破败的古老国家影响。他每天工作结束就往家赶，急匆匆地奔波于即将被运往莫特街的箱子和货船之间。跟以往任何时候相比，他都要更加努力地守护住这个小港湾的安全。

再后来，一个春日的早晨，他们的儿子已经在露丝肚子里七个月了，两个人在为孩子的出生做各种准备，他已经预定了英租界里最好的洋人医院，就在这时候，炮声响了。那低沉的呼啸声，起起伏伏，一会儿强一会儿弱。他看着露丝，露丝也很吃惊地看着他，不明白发生了什么，而他立刻就明白了。最近他很少花时间读报纸，但空中的炮弹说明了一切——日本人已经攻到海岸了。突然又爆出一声炮响，接着是墙壁倒塌的声音，两个人都从椅子上蹦了起来。但他此刻能够想到的只是露丝，只有露丝："不要怕！"他大喊，忘记了自己说出的是母语，现在他说母语已经非常自然了——"你别担心，我一定会照顾好你的。"哦，要是他根本没把她带到这个地方来该多好！要是他们现在还在莫特街该多好！在那里她至少是安全的,他们的孩子可以在平静中降生。

很快,大概只用了一两天吧,他已经什么都无法瞒住露丝了。街上满是无比惶恐而可怜的人,都在乞求一个躲避枪林弹雨的地方。从他们的房子往西,到处都是没烧完的废墟,他殚精竭虑地把古董店里的货物转移到租界里友好商号的地窖中,忙得一天一夜都没有回家,也不知道露丝怎么样了。但他还是相信,无论如何,那个小房子至少比外面的任何地方都安全。他忙碌的间隙,看到许多燃烧的废墟,离小院子还是足够远的。终于他赶回了家,生怕露丝吓坏了,或是生病了,更怕她早产。

当他打开院门的时候,他没看到她。更可怕的是,这么久以来,城中那些他一直费尽心机不想让她看到的人,此刻仿佛一齐出现在了他小小的家中。他买的地毯上面,蹲坐着一大堆男人、女人和孩子,把手中装着细软的包裹紧紧抱在膝头。这些人的脸上都是一副惊惧又疲倦的表情,空气中弥漫着他们因许久未曾清洗而散发出的浊气。他们无声而胆怯地望着他,西边能听到断断续续的炮火声。三天三夜的呼啸过后,半英里以外的建筑都有被炸毁的,所幸他们的小房子依旧安然无恙,才装满了这些无家可归的人,手里抓着他们少得可怜的积蓄。他冲向厨房寻找女佣,打算问她露丝去了哪里。

然而她就在厨房里,站在买来时令他非常骄傲的小电炉前,每一个火眼上都烧着一口锅。她看上去累极了,头发也没梳过,但双眼却透着十足的神采,整个人兴高采烈的样子。她在旗袍外面围了一件大大的美国围裙,跟女佣一起搅拌着锅里的食物。

"你这是……"他开口问。

"他们都太饿了,"她说道,"完全没吃的。这些可怜的人是逃难到这儿来的,因为家里的房子被炸塌了。"

"可我们喂不饱所有的人啊。"他又说。

她用力地搅拌着,说:"我们可以的,我存的食物够他们每个人吃。"

他不确定地站着,忽然说:"房子里的气味太难闻了。"就算是在厨房里,也能闻到那群很久没洗澡的人身上的味道,连米粥的香味也遮掩不住。在露丝面前,以这些人为耻他是难为情的。他从来没有告诉过她,自己觉得爱吃大蒜的穷人们,身上的味道很难闻,他现在必须开口了。

她愤怒地转头冲他大声说:"听听你在说什么!"接着又用纯正的纽约口音说:"你这个老顽固,不管他们身上是什么味道,都是你的同胞啊!"她迅速把一口锅端了下来,开始往桌子上的碗里盛粥。"哎,要是我能趁你不在的时候再多学些就好了!"她一边说,一边熟练而仔细地舀着稀饭,好像没有一丝倦怠的样子,浑身充满了活力。而他眼中只有她的脸,疲倦却无比快乐的脸。

"我不想让你知道的,"他说,"现在宝宝就要出生了,如果他们做了什么伤着了你,我永远都不会原谅他们。"

她停下手中的动作,注视着他,问道:"约翰·杜威·张,你是在跟我说,你一直在故意瞒着我这些事情吗?我迷惑很久了,为什么每次出门你就把我往外国租界带。那些地方就跟美国一模一样,我早就无聊死了!"

她继续盛粥,一碗接一碗,都装得满满的,又跑到炉子边端来了另一口锅。

"无聊?"他重复道。

"是啊!"她回答,"什么可做的都没有,而外面有这么多这样的人,我却一点都不知道……"

"这样的人成千上万,"他低声说,"甚至十万、百万……"他并不明白她在说什么。

"那就对了。"她开心地说。

"什么对了?"他愚蠢地问。

"我总算知道自己是更喜欢这里还是纽约了。"

他盯着她,仍然显得有点愚蠢,她冲他笑了起来,仍然是旧时清脆响亮的大笑。他有些日子没听过她这样笑了,自从在莫特街她父亲的账房里跟她见的那一面起。"傻瓜!"她说,又开始盛出另一锅粥,"你还没看出来吗?我喜欢有事情做,而这里有的是事情!"

他终于开始明白了,她并不介意这些人,也从未对他们失望或轻视过。他们只是饿得不行了,而她想喂饱他们。如果他们身上脏,那么……

她似乎读懂了他的心中所想,说:"等他们都吃过了东西,我就打算给孩子们洗澡,大人们可以轮流自己洗。"她转过头,又问他,"你觉得这场仗会打多久?"

为什么会这样呢?在他的认知里,她自己还

是个孩子,就开始打算给更小的孩子们洗澡了!猛烈的炮火声依然在城市上空回荡着。这天早上,他听说有些堡垒也被炸毁了。这一切什么时候会结束呢?

"我不知道。"他低声嘟囔。

"如果时间足够长,我们就能让所有人都洗一遍。"她计划着。

但他打断了她:"哦,露丝,你应该离开这儿,为了孩子,离开这个地方,现在完全说不准这场仗最后会怎么样……"

听到这句话,她回过头,用双手盖住了自己的嘴唇。

"孩子?"她坚定地说,"我的孩子得在他的国土上出生,他属于这里。"接着,她的声音又变了,她命令道,"你现在把这些东西端出去给他们,让孩子们先吃,快一点!"她又说,"这里有的是事情要做!"

宾尼先生的下午

明天是宾尼先生上海之行的最后一天,他把最重要的事情留在了下午去做——买一个新烤箱。二十年前他和玛丽带到中国来的烤箱最近忽然坏了,完全不能使用。这么多年来,他们住在长城南边那个尘土飞扬的中国小镇,玛丽一直用它烤面包、蛋糕、水果派和饼干。或许,他不该把一件这么重要的事留到最后时刻才做,他和玛丽之前说好,在烤箱的花销上不能超过十块大洋。他去了一家英国人开的大型厨具店,好不容易才敢开口问价钱,但对方用傲慢的态度给出了一个天文数字,他只能对身穿考究制服的瘦高服务员嘟囔了一句:"谢谢您,先生。"转身默默离开了。

宾尼先生是名传教士,他回到落脚的传教士之家后,在自己昏暗的小房间里为买烤箱的事祈祷了一番。结果,这天一大早,他刚出门,就发现了一家卖各式二手物件的铺子,里面竟然有一个看上去不算太旧的烤箱。他犹豫着走了进去，跟不甚热情的中国掌柜讲了价，用十块大洋把它买了下来。他知道这不是什么难事，但祈祷的事情得以实现，总能带来愉悦，让他走在路上心情很好。谁也不知道，自己的心愿什么时候能被上天听见。自己今天的运气似乎真的很好，真令人开心。他雇了一辆人力车把烤箱拉回去，想象玛丽将会有多高兴。

很久以前他就打算买个烤箱，为了他的妻子玛丽——亲爱的玛丽，他们结婚二十年纪念日就要到了。从现在起再过半个月，他就能见到她了，他就能回到他们在长城脚下有个小院子的家了。她会一件件打开他带回来的东西，最先打开的就是那个烤箱，她一定特别开心。还有些香料，一些小册子，一个用来印更多小册子的小印刷机，几双给她的棉袜子，他们俩穿的暖和衬衣，还有一匹结实的羊毛布——她会给他做一套西装，给自己做一条裙子。那不是什么华丽的布料，在那间中国布店挑选时，他已经意识到这匹布算不上漂亮，它是深灰色的，没有任何花纹，但是结实又便宜，所以他买了下来。他们手里的钱太少了，必须得先考虑耐用和实惠。

如果只考虑他自己,或许就什么都不买了。这些年来,他知道,玛丽最喜欢漂亮的东西。比如,她总是摆弄鲜艳的小花,把它们插在罐子或盒子里。记得有一次,有人从北京给她带来一株红色的天竺葵,她高兴坏了,但后来那花死了,从沙漠刮来的裹有苦涩黄沙的风扼杀了它,正如风也扼杀了其他一切。这样的风让玛丽红润的面庞变得苍白、长出皱纹,她深色的卷发也变得灰白而干燥。有时候,她看上去就像当地的中国妇女那样,风尘仆仆。想到她,他忽然有些心疼。在他的记忆中,她曾经也是一个娇嫩水灵的少女。

此时此刻,他心疼的感觉尤为强烈。他回想着,漫不经心地走进了一条精致漂亮的街道。"这里真美,玛丽肯定会很喜欢。"他一面想,一面环顾四周。这条街上的房子都好客地敞着大门,他看到好几扇门中,不时有衣着艳丽的女人走出来,登上似乎是在专门等待她们的马车,满面春风地疾驰而去。驾车的中国马夫身穿红蓝相间的考究制服,帽子上垂着流苏。他停下来,目送一辆马车从他身边经过。两个这样的女人向他投来无比明媚的微笑,他有些吃惊,同样报以微笑,按了按自己的帽子致意。她们可真友好啊,他这样想,也可能是认错人了吧。但他又看到另一辆经过的马车,里面的女人的微笑同样明媚,他对自己说:"看来这些女士是真的友善又可爱呢。"他很感激她们,因为城中从未有其他人冲他笑过。

看着她们走远之后,他又往别处走了。其他的街道远没有之前的那条令人愉悦。他甚至觉得,那是他见过的唯一令他愉悦的街道。他慢慢走回了传教士之家,打开院门时,那地方忽然显得莫名逼仄。虽然他知道,自打他吃过简单的午饭出去后,这里没有发生任何变化——客厅里贴着没有配框的大字,破旧的地板上堆着编织垫子的藤条,柳条家具没有刷漆……一切都没有变。他慢慢走上楼梯,到中间时侧身靠向一边,给下楼的管家布朗特里太太让路。他看了看管家太太,她也没什么变化。他跟她同桌吃饭将近一个星期了,对她老鼠毛般的灰头发、暗淡的褐色眼珠和包了银的龅牙已经相当熟悉。

瞧见他的管家太太也停住脚步,用惯常那种

有些担忧的语气说:"哦,宾尼兄弟①,您能负责明天早晨的祷告吗?所有人看上去都忙疯了……"

宾尼先生不假思索地回答:"对不起,布朗特里太太,我明天一大早就走了。"——他有些吃惊,自己竟会第一时间这般回答。

他听到对方叹了口气后继续下楼,这才意识到自己说谎了——他乘坐的船中午才开。他无比沉重地走上了楼。组织祷告对他来说,一直是种职责和机会,他不明白自己的精神世界发生了什么,他为什么突然变得不喜欢布朗特里太太了,还跟她撒了谎?她是个受人尊敬的女人,之前嫁给了传教士,后来守寡了,她的亡夫曾经是他很崇拜的人。他应当记得的是这些,而不是她松垮皱巴的破旧黑裙子,裙子正面还有几处污点,以及她包了银的龅牙。

他不知道自己怎么了。他走进房间,觉得自己应该是累了。他躺在了狭窄的铁床上,用一条棉布毯子盖在膝头。他打算歇一会儿再祷告,恳求上帝的饶恕,请上帝赐予他力量。但他好久都

---

① 此处的"兄弟",指(未担任神职但为教会服务的)教士、僧侣。

没动弹,却一次又一次地想到那些美丽的女人。他觉得,她们就像是天使;她们的衣服如此明艳,如此令人心动;她们的脸庞红润,微笑和善而自由。他忽然开始思念玛丽的微笑,她的微笑也很和善,却远没有那么神采飞扬。没有人认为玛丽是个神采飞扬的人,但现在他想起来了,她年轻时也有过特别快乐的时候,但这些都过去了。她的人生——此刻的他第一次意识到——实在是太艰苦了,太不容易得到快乐,就算他自认为已经尽了全力。当然,他刚从俄亥俄州小城的神学院毕业、感知到"召唤"时,她对跟随他去一个遥远的国度毫无异议。他自然也没有强迫她,但如果当时她不情愿(他也对她说过),他一个人应该也会走的,因为他不能抗拒那对自己的"召唤"。

他非常庆幸,玛丽对这份工作同样热情。在中国的二十年里,她一直是他的慰藉,虽然还从未给他生过孩子。这并不是很重要的事情,因为他知道,在这里养孩子可能会遇到各种各样的问题,比如,找离得最近的医生也得骑着骆驼走三天。两个人没有孩子这件事,对他来说最大的麻烦是——总有些质疑宗教存在的人自作聪明地问:

"如果这个外国天神真像你说得那么厉害,你们不是没有小孩吗,怎么不向他要个儿子呢?"

对于这个问题,他总不能说这样的祈祷曾经做过,但是被上帝拒绝了——玛丽有好几次不吃不喝,躲在卧室不出来,虔诚地祈求上帝赐给他们一个孩子。他有一次站在她的门外,听到过她的哭喊和痛苦的祈求,他之前从未听过她发出那样的声音,甚至连想都没想到过——"哦,神啊,请赐给我一个小宝宝吧!只给我一个就好!我一定会更快乐的,我会做一个更好的女人,我保证,我保证!"

他最终没有进去,而是怀着无比震惊而难过的心情悄悄地走开了。他从不知道,她过得不快乐。她天生脾气很好,性格也和善,而且,她还能怎么"更好"呢?当她面色苍白地走下楼吃晚餐时,他什么都没说,因为他们从来都是避免彼此过于激动的情绪……此时此刻,想到她的哭声,他竟然对神产生了些微的质疑,却没有得到答案——镇上每个乡下妇人都生了好多孩子,而他的玛丽一个也没有。

有生以来第一次,他强烈地想要补偿她。这

些年来,她是个多好的女人啊!她总是把家里收拾得整整齐齐,弄得像俄亥俄州的房子一样干净,还想方设法做了他最喜欢吃的点心:肉桂卷、甜曲奇、水果派……

此刻,他得出结论,她的人生太沉闷了,女人需要更多的浪漫。他又一次心情沉重地想了想白天看到的那些美丽女人,还有她们光彩照人的笑容,她们的人生,一定是浪漫、安逸而愉悦的。玛丽的生活则截然不同。在中国的那个小镇,他们能够获得的浪漫或许跟在俄亥俄州小城能获得的一样少。他们很快就习惯了整天跟黄种人,而不是白人生活在一起,骆驼、驴车、轿子取代马和汽车成为他们的日常。他每天都在那座粉成白墙的小教堂里布道,教少得可怜的好奇听众唱一两首赞美诗,耐心地包容他们听到怪异外国音乐时发出的哄笑声。他唱歌唱得并不好,玛丽用一台小小的手风琴帮他伴奏,她还经常在仪式结束后去老乡们家里看看,告诉母亲们该怎么照顾生病的婴儿,发现她们什么都不做时特别难过,有孩子死去时,她哭得比他们的母亲还伤心。

他们之间也没有过什么浪漫。有一次宾尼先

生差点被土匪抓走,他靠着装疯卖傻才逃过一劫。还有一次,有将近一年没下过雨,一伙人威胁要把他们杀死,说是镇上来了两个洋人把当地的神惹怒了。宾尼先生虔诚地祈祷过后,一直盯着天上的云彩,承诺很快会下雨才死里逃生。他们很幸运,第二天真的下雨了。上帝的旨意谁都说不清,他们手牵手坐在一起,也做好了如果不下雨就只能去死的准备。

想到他们人生中的点滴过往,他又一次在心中喊道:"她的生活太艰难了!我必须补偿她。"

他想到,自己应当给她买一份真正的礼物,一件足够美好、可以让她独享的东西。她之前要的一个打蛋器、一包别针、一盒铅笔之类的都不能算,因为那是两人一起用的东西。烤箱也不能算。他下定了决心。不行,他激动地想,明天早晨上船之前,他要去给玛丽买一件漂亮的裙子,最鲜艳美丽的那种。他的脑海中出现了玛丽像那些漂亮女人身穿时髦衣裙的样子,还要戴一顶颜色协调的小礼帽,应该是粉红色的吧。那些女人中的一个就穿了身粉红色衣服,粉红色衣服给一位淑女穿最合适了。

晚餐铃猛地响了起来。他站起身，轻松了不少，激动万分。他要去买那件裙子，等着看玛丽把礼物拆开，看到那颜色后眼神瞬间变得柔软的样子——她看到美好的东西时总会这样。他面对新事物的反应总是有些慢，是她目光中的柔软让他意识到，身边有可以注视的东西，不然他可能根本察觉不到——或许是一朵花，或许是翠绿的嫩芽，或许是其他什么她认为特别的东西。这一刻，他的心会融化，迫切地想要保护她。穿上那件漂亮的新裙子后，她会比任何一位淑女都美的。他多么爱她啊！

他下楼时几乎是兴高采烈的，坐在了平时总坐的餐桌边的位子，布朗特里太太坐在对面，他礼貌地向对方点了点头。此时的他有些坐立不安，因为刚刚意识到，他对去何处购买女士衣物一窍不通，他得问问在哪儿才能买到他想给玛丽买的那种裙子，跟那条粉红色的裙子一模一样的。他打算问问布朗特里太太，看她知不知道这样的衣服在哪儿买。

"布朗特里太太，我想给我亲爱的太太带一件礼物，"他热切地说，"下个月就到我们结婚二十年的纪念日了。我想给她买条裙子——"他那对平平无奇的棕色眼睛忽然间闪着光,"我已经想好买什么样的了。今天下午,我见到几个漂亮女人,布朗特里太太。事实是,我经过的那个地方,整条街,都是漂亮的女人。她们真的很美,好像都赶着要坐车去什么地方,好几个人一块儿。其中一个穿了一件很漂亮的粉红色裙子,我觉得我太太……"

布朗特里太太平时在餐桌总是一副心不在焉的样子,这一刻她停止了舀动碗里的清汤,满脸狐疑地盯着宾尼先生:"您说哪条街?"她用极低的声音问道,生怕周围的其他人听见。

"我忘了。"宾尼先生有些惊讶,"让我想想……我觉得应该是,银杏路。"

布朗特里太太紧紧抿住的嘴唇把龅牙都遮住了。她用力地盯着宾尼先生,手上的汤勺一动不动。她从汤碗上面探身过来,无比震惊地冲他低声问:"宾尼先生,什么漂亮女人?在……花、花柳巷里吗?"

宾尼先生也看了看她,布朗特里太太刻意挪走了目光,以避免男女对视的尴尬。但宾尼先生什么也没说。他低下头,把碗里的汤一勺勺有条不紊喝完了。有那么一会儿,他也确实有点被布朗特里太太说的话吓到了。这类女人他之前从未亲眼见过,这是违反《圣经》教义的,所有的男人都应当回避,而他竟然紧盯着她们看了那么久,还如此欣赏她们的微笑!他甚至感受到了片刻的眩晕……

不过忽然间,他想通了,就连他自己都很吃惊。他看着布朗特里太太紧紧抿住的嘴唇,里面的龅牙仍然凸起着。此刻他非常讨厌她,讨厌她邋遢的头发、褪色的黑布裙子,还有那颗被她别在颈前的灰色水晶胸针。他尤其厌恶她全身散发出的正义感,即使心里清楚,对方是个"正派"的女人,自己应当尊重她。所有这些厌恶,让他变得比平时更为直白,他都不知道自己还有这一面。确实没错,他想,无论如何,那些女人看上去是挺漂亮的,笑得也挺动人的,但她们的笑也并不一定意味着……不管怎样,玛丽应当拥有一条像她们身上那样的漂亮裙子!她是个金子一般的好女人,至少得有一件像那样漂亮的衣服——就算是和妓女同样的款式。

他想告诉布朗特里太太，美丽本身并不是罪，完全不是。玛丽年轻的时候也很美。但他怎么才能跟她说清楚，让她明白呢？他抬起头，挑衅般地看了看四周，想找出些能说的话，却只感觉到了无助。布朗特里太太身上的正义感简直像地中海那么宽。

这时，上帝帮了他。另一张餐桌的人看到了他的举动，搭话说："宾尼兄弟，您今天下午过得怎么样？"

"好极了。"他清晰而缓慢地回答，一本正经地盯着布朗特里太太，"我今天下午过得好得不能再好了！"

上海一幕

小袁已经花了好几个月找工作,否则他也不会接受上海火车站的这个小职位。收到仿羊皮纸印制的大学毕业证书的那一天,他仿佛就看到自己能在国民政府的新首都当个官,至少能给某位官员当秘书,因为他的英语特别好。他用英语写过不少观点犀利的讨论自然和人文问题的文章,还在周报上发表过,比如是否应当推倒北京的古城墙,究竟是为摩登时代的发展让路,还是把它们作为古迹保留下来。他居高临下地得出结论:城墙应该推倒,因为他和他的伙伴们都狂热地信仰所谓的"新时代"。

毕业后,他才发现,即使写得一手好文章,想在政府谋得一官半职仍然很难,甚至连最小的秘书都当不上。跟他一样能用英语写出好文章的年轻人为数众多,只是选择的主题不同罢了。比如,有些人就写了《西湖上的月光》《濒死的爱情》或者

《我们的英雄孙中山》这样的题目。但小袁不愿相信，自己找不到工作是这些同龄人竞争的原因。他把一切思考了多次，得出结论，问题的根源在于自己的老父亲，既平庸又没有影响力。

他的父亲不过是小街上一家铺子的掌柜。的确，他卖过一些外国的玩意儿，比如二手自行车，但他终究只是个商贩。就算是为了自己唯一的儿子，他也做不了什么，即使他很爱小袁，也跑了好多家政府机构，试着求见那些他从报纸上读到过名字的官员，询问他们雇不雇人。他甚至还印了好多方形的小硬纸片，介绍自己是"多种西方机械的经销商"。但这些都无济于事，尤其是有一次，他竟然无知到要求去见一个刚被革职的官员。

听说这事后，小袁恼羞成怒地朝着父亲大吼，怪他莽撞行事，随后冲进自己的房间，大喊大叫："怪不得我找不到配得上自己的工作，谁让我爹这么蠢！"他无比厌恶所有像父亲一样平庸而愚蠢的人。

不过，他还是明白，父亲已经尽了全力。后来有一天，老父亲回到家时，大声笑着，一边高兴地搓着手，一边嚷道："哎，儿子！我总算给你找着了份公家的差事！"小袁期望不高地笑了笑。但是，结果比他的期望还更低——父亲几天前接待过一个穿制服的客人，看到这人时，老头忽然有了个主意，便问对方："那请问您在什么地方高就啊？"

"铁路局。"那人漫不经心地说。

这个在铁路局工作的官员，选了一辆最新款的自行车。老人告诉他，自己才华横溢的儿子期待着为政府效力，报效祖国，还主动把那辆最新款自行车当礼物送给了人家，希望能给小袁在铁路局谋个职位。官员很喜欢自行车鲜艳的红色，答应帮忙。说完这些，父亲兴奋地总结道：

"还有，儿子，你不知道他的制服有多神气！是蓝色的，特别鲜亮，这儿，还有这儿，都镶着星星，还有顶西式的帽子。你会有身一模一样的！"

但老头根本不知道，像小袁这么低的职位，是不可能穿得上那样的制服的。小袁的帽子确实是西式的，不过衣服是纯黑棉布做的。他唯一的职责，就是挡住企图挤进火车三四等车厢的愚蠢乡下人。

就这样，这成了他的生活。坐在安静整洁的

教室里跟同学们一起学习文学和英语的日子一去不返，现在的他，除去几小段没有列车到站的空闲时间，一整天都要把守月台的铁门，拦住一大群人。他们什么都不懂，天刚蒙蒙亮就赶过来，买到一张中午才出发的车票，然后就哪儿都不愿意去了，挤着坐在地上，背上背着布面包袱，摊着粗糙的手，无所事事，只等着开门。门一旦打开，他们就蹿起来冲过去，相互拥挤推搡着，面孔瞬间变得扭曲、焦虑而怪异，却无比坚决。这时候，就轮到小袁尽职尽责地冲他们大声喊："你们是哪趟车？去哪里？买票了吗？"他得一遍又一遍地喊，听到他们用各种南腔北调的方言给出的回答后，再大叫："这不是你那趟车！不能进去！"或是对少数的几个人说："给我看看票！"

这些话，他日复一日地说，对象似乎根本没有什么不同。每天都能见到同样黝黑焦躁、饱经风霜的面孔，同样无神而困惑的眼睛，同样打着补丁的蓝粗布衣服，同样用几根麻绳绑成的怪模怪样的包裹，同样愚蠢地冲向任何一扇敞开的门的人。

他开始越来越憎恶这些人，带着十足的恨意。

因为他完全找不到任何方法来疏导和改变他们，让他们从日复一日的愚蠢行径中脱离，他的负担更重了，他的恨意更深了。他曾经花了两个晚上做大告示牌，在上面写出最简单明了的指令，但他发现，这些人大字不识一个，他们甚至完全不觉得这些牌子跟自己有什么关系。刚摆上牌子的那个早上，小袁愤怒地用手指向告示牌时，挤在人群最前面的一个年轻农夫咧开嘴笑了，有些抱歉地说："先生，我肚子里一点墨水也没有，从来没上过学，一辈子都太穷了。"

除了把告示牌挪走，他毫无办法，只得一切照旧，继续冲着那堆乡下人大喊大叫、连哄带吓，直到整群人都退回去，零星几个从里面挤出来，准备登上最近一班即将开走的火车。小袁每天都重复着这样的挣扎，从黎明到日暮。

后来，他感觉即使是夜里，他也在与这帮愚蠢的人对抗着。他在睡梦中仍然能看到他们惊恐黝黑的脸和困惑的眼神。他们永远都学不会遵守秩序，日复一日毫无变化。他甚至不敢相信，自己每一天见到的是不一样的人群。离开家乡出远门的男人和女人们总有回家的一天，他们中总该有人曾不止一次地挤向这扇门、试图推开、挣扎着想挤过他身边吧。

他孤身应付他们所有人。负责拦截那一大波昏暗人潮,回答他们数不清的问题的,只有他一个员工。他终于受不了了,他意识到,自己只是个无能的年轻人,之前学成的一切都毫无意义,他每天能做的,只是这一成不变的事。他每天都在用一己之力,对抗来自他同胞身上愚昧无知的大山,这令他的精神千疮百孔,而他们却浑然不觉。

他开始变得郁郁寡欢,脾气坏得可怕。每天,他都在越来越暴戾地轰赶着人群,让自己与他们对抗,用自己一个人的头脑与压在他们身上的无知大山对抗。他变成了一个整天大吼大叫的机器,在奋力拽住月台铁门时,咒骂着人群。

后来有一天,他忽然发了一阵狂。那时候,人甚至不算多,是两列车到达的间隙,他正靠着铁门,咬紧牙关,等待着半小时后即将到来的混乱。这时,一个老农民急匆匆地要往门里闯,那双灰色的赤脚上沾着飞扬的尘土,一看就是在乡间路上走了大老远。他背着包袱,衣服上满是补丁,手握拐棍,面色黝黑,一脸惶恐不安,生怕错过了车。孤身一人的老头不言不语,小跑着就想推门往里闯。

但小袁眼中,他可不只是一个人。在这张脸上,小袁看到了遍布这个国家成千上万像他这样的人,到处都是他们不知所措的双眼、破破烂烂的补丁、布满尘土的肮脏赤脚……这些无知又无望的人!看到这些,他发了狂。他咬紧牙关,毫不留情地冲着老人挥起了拳头,捶打着他的头、脸、肩膀,同时大声叫喊着。一两个站在附近的男人试图拉开他,但拉不住。在这个孤零零的老头身上,小袁发泄着难以言表的报复,为自己所有的失望和日复一日的苦闷。

但他的英语还是帮到了他。他听到一个人用英语叫道:

"看!看看那个恶狠狠的小伙子,在打一个可怜的老农夫呢!"

之前其他人没能做到的,这句用英语说出的话做到了。小袁瞬间恢复了理智——不能在外国人面前这样做。他迅速抬头看了看,呼吸急促了起来。眼前站着一个洋女人,脸上满是怜悯,怜悯的对象是那愚蠢的老头,而不是他。面对这个眼神，小袁低头看向那个老头——他显然不明白发生了什么，只是缩成一团，尽力护住自己，承受着他完全无法理解的拳头。此刻，意识到殴打已经停下，他谦卑地瞅了瞅小袁，又朝站台门挪了过去，怯生生地，但仍带着固执的决心，连自己到底为什么被打都不知道。

小袁清了清喉咙，用手抹抹嘴唇，沉重地叹了口气。缓了片刻，他再次喊出了那句已经不知喊过多少次的话：

"你去哪儿？买票了吗？开车还早呢！"

佛的脸

蒂姆的全名是"蒂摩西·斯泰恩",他来自美国。他无法向任何人解释清楚,自己为什么住在位于中国西南边陲云南大理城外的一座古庙中。他已经在这里住了十年,刚来的时候只有二十五岁。当人们跟他还不熟悉的时候,很容易用传教这个理由来理解此事,特别是当他还属于那个"生命和治愈的使徒传教团"的小教派时。一旦跟他熟络起来——即使这些年来,他明知道这并不是聪明的相处模式——总会有人问出那个让他不太情愿回答的问题。提问的开头是各种各样的:

英国人会说:"您看,老伙计,我不想多嘴,但是……"

法国人会说:"毫无疑问,您的人生无比精彩,可我想斗胆问一句……"

美国人则说:"虽然不关我的事,但是……"

无论怎样的开头,问题最终所指的方向总是

殊途同归,人们都想知道,为什么,他——美国斯泰恩家族百万资产的继承人,会选择居住在中国大理的一座古庙中?

蒂姆回答的方式取决于他当天的心情。或许,他会站在寺庙坐落的高台之上,指向远处的洱海和雪山。提问的人不管来自哪里,通常都不太会相信这个理由,因为美国、瑞士和世界上的很多国家都有漂亮的湖泊。如果蒂姆跟他们提起那个使徒传教团,质疑就在笑声中体现出来,从含蓄的英式微笑到直接的美式大笑——在这样一个地方谁还会把传教当真呢?古庙中的大殿已经被蒂姆当成了自己的客厅,里面矗立着一尊比真人高五倍的金色大佛。

"是老方丈规定的。把这座庙租给我的唯一的条件,就是大佛不能挪走,否则厄运就会降临大理。"蒂姆解释道,"我说如果真的是这样,我不动它就是了。"

他无法解释清楚的,是他布置这座大殿的方式:一切都环绕在那尊庄严的大佛周围,这样,大殿里所有人说的每一句话、做的每一件事,都必然是在那难以言表却充满震慑力的俯视中进行的。佛像的样子算不上柔美,但那张巨大的金色面孔却是平静而慈悲的。一只大手平摊在盘起的膝头,手心向上;另一只则竖悬在胸前,仿佛是在不动声色地告诫。这尊佛像的气场太强大了,确实无法用柔美形容。浅薄的人身处殿中,迟早会感受到不自在,不需要蒂姆下逐客令,自己就慢慢从他的视线中消失了。在那张不怒自威的面孔俯视之下,仍然愿意与他来往的那些人,后来证明都是真正值得结交的朋友,但其中的缘由,他很难解释得清。

同样难以解释清楚的,还有每天日出和日落时分,弥漫在他房中的诵经声。他总是说,这些跟他没什么关系,事实上也确实如此。他第一次爬上寺庙所在的那座竹林覆盖的小山,看到山下湛蓝的湖水和城中连绵成片的黑色屋顶,继而抬起他的眼睛,面对白雪皑皑的山峦时,他立刻给身边衣衫褴褛的老住持支付了一笔租金,租金足够让他和庙里的三个老和尚余生衣食无忧。大理的佛寺也有香火好坏之别,现在妇人们都爱去城里那家更大更新的寺庙,还不用付被晃晃悠悠的破竹轿抬上山的钱。她们给出的理由是,山上庙里的大佛已经太老了,不愿回应她们的祈愿,所以她们先去别的地方试一试。

老住持很感激这位年轻的美国人,也接受了他的提议。他说,大佛绝对不能从大殿东端移走,他和手下的几个和尚可以把最偏远的小院子留给自己,他们在这世上无处可去,因为很久以前就和家里断了所有联系,一定没有人记得他们了。更何况,他们在这里遁入了佛门,作为古老神祇的崇拜者,再回归红尘简直和杀人放火一样被情理不容。

蒂姆的目光一直离不开那泓湖水,他同意了所有的条件。对他来说,唯一有些难堪的瞬间,是使徒教会的上司从田纳西州来视察他工作的时候——

"你不能住在一个有异教神像的房子里。"那个自视甚高的人大呼小叫道。

"我觉得这样能让我的信仰更坚定。"蒂姆很笃定地说。

"再看看那些和尚!"那人又一本正经地大叫。

"他们都尊重我。"蒂姆回答。

由于蒂姆是不从教会领薪水的,约瑟夫·布莱姆牧师也就没再说什么。或许他想问:"如果你打算住在佛教寺庙里,那为什么还要加入基督教会呢?"但作为一个正经人,他没有问出这样的问题。他只是在心中自语,而这个有钱的年轻人绝对是他所见过的最神秘的人之一。

其实,蒂姆也曾多次扪心自问,如果他只是喜欢住在能看到大理洱海的地方,那为什么不干脆直接来住呢?反正花的也是自己的钱。这个问题的答案有些费解,但他还是找到了——第一个吸引他到大理来的人,是马可·波罗。他在书中的注释里曾经描述了一个令人神往的城市,在《马可·波罗游记》第二卷第五十九章,有一个脚注,说那座城市就是中国的大理,那里有一片美得无与伦比的湖。蒂姆读那些书的时候只有十八岁,他是父母唯一的孩子。羸弱的母亲在他十二岁时就去世了;他父亲则太强壮了,看上去永远不会死。弗莱德·斯泰恩想当然地认为,儿子会继承自己家族的军火生意。

蒂姆最讨厌的事情就是军火生意了,不过,他从不在父亲面前说出来。因为在内心深处,他还是敬爱着自己的父亲的。于是,他找了另一条逃避的路。

就是在那一年的迟些时候，一个周日晚上，他倾听了一位从中国回来的白发绅士在礼拜堂的布道。那人带来了可以投影播放的幻灯片，但不是很清晰，除了他没人感兴趣，他也是因为马可·波罗才感兴趣的。之后，那人说了另一件引起他兴趣的事。

"信仰有治愈的力量，也能维护人心中的善。"

老传教士说这话的样子，让蒂姆想起自己的母亲，随后他走上前跟对方聊了起来，即使在场的其他男孩子都没有这么做。老人跟他讲了些关于中国的事，让他又记起了大理这个地方。蒂姆忽然意识到，如果他去做传教士，他父亲应该就能接受他去中国生活，因为父亲是个虔诚的老教徒。后来，父亲的表现并没有他想象的那般通情达理，不过他用自己无声的倔强抵御了父亲同样倔强且如炸药般猛烈的怒火。蒂姆现在已经在自己喜欢的地方居住了十年，只是偶尔才被一阵愧疚袭击——或许，他当初应当更坚定地开始这一切。

除此以外，这十年的时光他是心满意足的。前八年几乎没有任何变化，日子平静如水，正如他所愿。他读了很多书,把自己的居住环境改造得更适宜,还陆陆续续学到了一些有关大理风土人情的知识。当地人对他住在竹林中的佛寺里这件事感到无比困惑,后来干脆直呼他为"洋和尚"。

八年平静的日子,在1937年7月的一个晚上戛然而止。那天晚上,蒂姆和之前的很多夜晚一样,都是和老住持相伴,老住持教会了他说汉语和写汉字。他们一直在讨论天文学,因为两人面前的夜空中划过很多又大又亮的流星。

"流星,"老住持注视着夜空说,"是改朝换代的不祥征兆。史书上说,每次国家出现大灾之前,都会有很多又大又亮的流星出现。"老住持对天文学也颇有研究。

这时候,一个和尚穿过拱门,走进了他们坐着的露台。

"什么事?"老住持问。

"大理的治安官正往咱们山上赶呢。"和尚不安地说。

"来干什么呀?这么多年没露面,怎么这时候突然来了?"老住持疑惑道。

"他想祈祷,因为北边的都城有坏消息传来了。"和尚回答。

"您介意吗?"老住持礼貌地询问蒂姆。

"当然不。"蒂姆回答,一动不动。

蒂姆置身于轻柔夜色里,直到治安官冲了进来,他身上刺绣精致的长袍有些凌乱,随行人员风风火火地跟在后面。治安官甚至没注意到安静地坐在露台边缘藤条椅里的美国人,而那露台就像悬在夜空中一般。他马不停蹄地奔进了大殿,下令点燃带来的红蜡烛、熏香和几支长香,还把丝绸垫子放在脚前的地面上,这样就可以在上面磕头了。他原本以为脚下应该是一般佛寺中的硬砖头,祈愿的过程中还专门停下来说,这大殿里的地毯真是又厚又软。他继续大声祈愿。这时蒂姆的中文已经非常好了,能完全听懂他说出的话:

"啊,大佛,把日本鬼子都从北边的京城赶出去吧!要是不行,至少别让他们攻到上海!就算实在不行,大佛啊,也千万别让他们打到大理来啊,大佛!如果日本人没到大理来,我保证会让这座庙成为天下最富有、最出名的寺庙,我会让全城的人都来膜拜你,黄金大佛。但是如果你敢让日本人伤害我们,哪怕只有头发丝那么大一点,我也要铲平这座庙,让你变回一堆黄土,大佛!"

祈愿过后,治安官站起身,发现自己的膝盖上并没有像往常拜过佛后那样沾上灰尘,就匆匆离开了。

这是蒂姆第一次听说日本侵华。第二次,是从远在美国费城的父亲那里。

"日本人现在可是我们最大的客户,"父亲在信中这样写,"我听说战事会集中在中国北方,所以你就待在现在的地方吧。"

无论是对付日本人还是面对父亲,蒂姆都做不了什么。他花了很多时间去思考这两件事,又多花了些时间考虑他有一天会继承数百万美元家产。斯坦恩弹药将杀死很多中国人。但不管是哪件事,他都无能为力,即使自己开始夜以继日地思考它们。他想这些事的时候,就坐在自己的客厅中注视着那尊大佛,他雇来干活的男孩小王没有收走治安官带来的红蜡烛和长香,蒂姆也没吩咐他做,所以那些东西都还留在原处。而且,大理城中的不少有钱人也在多年的淡忘之后想起了大佛,都穿过竹林爬上山坡来,在蒂姆的客厅中跪拜。普通百姓仍是去城里的新庙更多。渐渐地，蒂姆养成了习惯——当身着老式丝质长袍的、德高望重的老者和裹了脚的白发太太走进他的客厅时，虽然自己完全被无视，他也会主动离开几分钟，等待他们在大佛面前点燃红烛，用几乎同样的话语祈愿着同一件事：

"尊敬的佛祖，请让敌人离我们远远的吧！那些日本人……"

他听过很多次这样的祈愿，发现它们都是大同小异，听上去日本人最后会得胜，已成定局。往大理寄信总是很慢，根本靠不住，读到的报纸也总是旧的，上面的消息更是不值一读。之前蒂姆觉得这样挺好，现在却成了一种不便，他开始焦急地期待能对日本人采取什么行动。他在大佛的注视下，坐在自己舒适的椅子里想了很长时间，思考有没有什么是自己能做的，却什么都想不出来。

有一天，正当他一如既往冥思苦想的时候，老住持走了进来。礼貌的寒暄过后，男孩小王照常进来送茶，老住持平静地问，仿佛在说一条再正常不过的消息：

"您听说了吗？有一条新路就要修到大理来了。"

"没有啊。"蒂姆说。过去的五个世纪中,大理似乎从来没有修建过任何新的东西。

"过去通往印度的丝绸之路就要恢复使用了。"老住持说,"就是这条路,让我们的祖先把贸易做到了希腊、波斯和埃及。它已经被遗忘了好几个世纪。现在,骆驼曾经走过的地方,要开始走卡车了。"

"但运的不是丝绸。"蒂姆说。

"没错,不是丝绸。"老住持表示同意。

这个时候,日本已经在海岸线上占领了一个又一个港口,把中国像个瓮子一样围了起来。

"那么瓮底就会被敲掉了。"蒂姆说。

"也可以这么说。"老住持又表示同意,"就好比围城的后门被打开,或是摧毁一座桥梁,又或是在长城上敲开一个豁口。"

"哦。"蒂姆边应边想。

他沉默着思考了很长时间,老住持以为他想一个人待着,就起身离开了。蒂姆却跟着他走到了露台边缘,请他留下。老住持笑了笑,又鞠了一躬。

"毫无疑问,您在之前的某一世一定跟我们一样,是个中国人。"他这样说,"佛祖让您转世重生成现在的样子,一定有他的理由。"

但此刻的蒂姆依然毫无头绪。新路已经修到大理的城墙外不远处了,一道新翻出的泥土,伤痕般赫然呈现在人类世代辛勤耕种的绿色大地中,这一切激荡着他的心绪,使他思绪万千,却带不来一丝灵感。

之后的某天下午,蒂姆去看了新修的大路。回来的时候,他在迈过古庙门槛前停了下来。他听到一个年轻的声音清晰地说出了一种截然不同的祈愿词:

"哦,大佛,请给我一万支枪吧!美国产的步枪,不要老式长柄的,要又快又准威力又大的那种!"

蒂姆惊呆了。怎么有人和佛祖求这个?他顺着宽阔的门廊望去,看到了一个身着蓝色短褂和农夫裤子的年轻中国男人。他异常高大强壮,他转过头跟蒂姆对视时,黑色的眼珠透露出勇气。

"不好意思打扰您了。"蒂姆有些抱歉地说。

"没关系,我已经说完了。"年轻男人说,"如果师傅您……"

"我不是和尚。"蒂姆赶忙说,"但我无意中听到了您刚才祈求的东西。请问您是什么人?"

"人们都叫我黄狼。"年轻人说,一副稀松平常的样子。

蒂姆按捺着心中的惊诧,说:"我听说过您。"

"每个人都听说过。"年轻人并不打算谦虚,"我手里有一万五千名精兵强将,还有一次次打败政府军弄来的五千支来复枪。现在,我们要打日本人,而不是政府军。不过,我们得先搞到更多的枪。"

大理城的每一个人都听说过"黄狼",却没什么人亲眼见过他,也不知道他长什么样子。但很多人愿意追随他,他带领着这些人,他的身影遍布了乡下的每个角落。

"搞一万支美国来复枪,对大佛来说是不是有点难啊?"蒂姆小心翼翼地询问。

"大佛会有办法的。"年轻人简短地回答。

跟年轻人讲话的工夫,蒂姆已经走进了大殿。此刻,两个人站在了巨大金色佛像的凝视之中。那尊佛像能使任何一个人感受到自己的渺小,却没让这个人显得渺小。黄狼轻松地站在那儿,昂首挺胸,充满勇气。

蒂姆不由自主地抬头望向那张巨大的金色面庞,他完全不是迷信的人,也知道这尊大佛不过是大理的黄土贴上了金箔。但这尊庞大的塑像如此栩栩如生,仅仅是因为黄色黏土有幸落在了一个不知名的雕塑大师的手中,而不是出自平平无奇的匠人之手。就在聆听年轻人说话的同时,他感受到了有些什么东西正轻柔却坚定地进入了他的头脑,开始只是一个模糊的存在……但试着跟大佛的双眸对视后,它渐渐清晰起来,像一朵莲花在阳光下徐徐绽放。

蒂姆本能地抗拒着。"我不能这么做!"他用英语大声对那张金黄色的脸庞说。

"您说什么?"年轻人用中文问道。

"您求的东西不大可能实现吧。"蒂姆谨慎地说,"如果那些枪支没有被用来对抗敌人,却用来对付大理的百姓了呢?"

"大佛明白我心里怎么想。"沉默了一分钟后,年轻人这样说,没解释一个字就离开了。蒂姆仅仅是出于好奇跟着他,看着他熟门熟路地穿过了几进庭院,向最里面的一间小屋子走了进去,跟里面的人说了几句话——是老住持。透过院门,蒂姆能看到两个人亲切地紧握着手,说话的时候都没有松开。之后两人都点了点头,年轻人离开了。

我已经习惯于生活在谜团中了——蒂姆这样告诉自己,而谜团总会变得更加神秘。但他没有走向老住持,他站在远处,看着黄狼从竹林里一路蹿到山顶。蒂姆又坐着思考了整整一个下午,直到晚上,才走向老住持的小房间去找他。老人正在研究某一种星象。

"您可以,"蒂姆直白地说,"以佛的名义,为黄狼担保吗?"

"您指的是枪?"老住持问道。

"没错。"

老住持低头看了看之前用骆驼毛刷在纸上画下的符号。

"很明显,"他说,"黄狼会成为一名威震四方的将军,政府会赦免他犯下的所有罪过。"

"那您呢?"

"我会为他起誓,"老住持继续说,"当然,以佛祖的名义。"

"那么,"蒂姆若有所思地说,"我会带上我的手杖进一趟城。夜里蛇会出来的。"

"去吧。"老住持回答道。

出门前，蒂姆又抬头看了一眼那张金黄色的脸，面容没有任何变化。他下了山。

他走在石子铺成的山路上，月光很亮，不用提灯笼。他走到城墙外的时候，城门是锁着的，但他拉了拉一根绳子，一扇小门打开了，守门人往外看了看。

"哦，是洋和尚啊。"说着他抬起了巨大的木门闩，把城门拉开了一道缝，刚好够蒂姆瘦长的身躯通过。

蒂姆给了他一个硬币，顺着城中寂静的窄巷子走到了小小的邮电局，用英文给父亲发了一份电报："若我从友人处拿到订单，能否给优惠价？蒂姆。"

他叫醒了在桌上打盹的办事员，那个小伙子把电报的内容大声读了一遍，虽然他一个字也不懂，虽然他一直对自己在高中时读过英文引以为傲。

"没错。"蒂姆说。

两天后，他收到了父亲的回复："好。付现金。爱你的，父。"

"去缅甸腊戍见布朗内尔。"父亲两周后又发来了电报,"寄现金来。"

蒂姆已经忘记美国人做事的方式了。一个气喘吁吁的苦力给他送来电报时,他正在露台上一边修剪菊花,一边想着黄狼的事情。他把电报塞进口袋,飞快地修理完菊花的枝叶——等一下再好好欣赏它们——就冲向了邮电局。

"钱我来付。"他这样打了电报。

第二天,他和小王一早启程,沿着新路往缅甸进发。新路如同暴风雨的余波,穿过了整个乡间田野,在大理城外数英里蜿蜒。人们从未见过这样的路,从表面看,它是在几天之内忽然建成的,但实际上有成百上千肤色如泥土般的工人,像蝼蚁一样劳作着,男人女人都有,他们衣衫破烂,全靠双手,没有任何机器。他们手中拎着锄头,竹扁担上挑的小篮子跟玩具差不多,却如此迅速高效地建造出了一条宽阔的大路,宽得足以让卡车通过。蒂姆坐在从城中一家铁器店买到的二手敞篷汽车中,清晰地看到了这条新路上暗藏的危机,比如路边的悬崖和岩石,还有山谷中曲折盘旋的弯道。但他们还是安全地通过了,走了四天。小王在汽车的轰鸣声中紧张地坐着,双手抱着装食物的锡箱。每个小时中,得有二十来次,蒂姆在反光镜中瞥见小王无比惊慌的面孔向上弹起。

"你没事吧?"颠簸之后他会问上一句。

"没事。"小王吹着口哨,故作镇定地说。

到达缅甸国境之前,他们不得不弃车而行。大路突然间消失了,仿佛再往前已经无处可去,面前是一片大沼泽,就算是爬上车顶站直远眺,也一眼望不到头。沼泽中仍然有很多辛勤劳作的微小身影,此刻却因为炎热的天气大都光着膀子。就在他们观望的这一会儿,就有两个倒下的人,都没有再站起来。蒂姆又从车顶爬下来,跳在了一堆干涸的黑色泥土上,落地时他的脚陷了进去。一个没精打采、身穿制服的中国人慢悠悠地朝他走了过来,那人沾了泥点的帽檐下面,凹陷的双眼因为发烧炯炯有光。

"我能过去吗?"蒂姆问。

"开车不行,"那人回答,"现在还不行。但可以徒步二十英里走过去,之后就又有路了。"

"走过去容易吗?"

"还行吧,但中间别停下打盹,这儿可是老虎出没的瑞丽江,如果停下来会得传染病,睡着了就会要命的。"

蒂姆走回自己的车边。"下来吧,小王,"他说,"我们得把车留在这儿,自己走一段路。"

小王下了车,把食物箱子和长长的蓝布褡裢一起系在背上,蒂姆把车停在河岸边,锁好,两个人一起出发了。一条几乎看不清的小路,蜿蜒伸入沼泽中的丛林深处。

难耐的酷热如影随形,紧贴着人的肌肤。蒂姆看到树枝上垂挂着蛇,自己脚底下爬动着蛇,岩石上也有蛇扭来扭去,不确定是不是幻觉。但正是这些蛇才让他没敢停下脚步,不然早就累得要趴下来睡一会儿了,即使知道入睡意味着死亡。偶尔他也会想起小王,就扭过头冲着身后问:

"小王,你还好吧?"

"还好。"小王气喘吁吁地回答,他的眼珠凸出,脸上汗如雨下。

周围的空气十分凝重,紧紧包裹着,潮湿,且没有一丝风。他们必须强迫自己穿行其中,就像在水中行进一般,二十英里路走了整整十一个小时。到达沼泽地的另一端后,他们跟一个准备回腊戍的司机讲好价格，爬上一辆卡车，睡在了碧绿的西瓜之间。两个人在一条无比坎坷破旧的路上颠簸了好几个小时，最终到达腊戍，随即被人摇醒了。

"小心黑疟疾。"布朗内尔在腊戍的一家小客栈里这样告诫他。

布朗内尔是蒂姆父亲在新加坡的产业负责人，就是他把货带到腊戍的，路上他一直怀疑自己远在美国的老板是不是疯了。他奉命在此等待蒂姆时，心里依然是这样想的。大家都觉得，年轻的蒂姆肯定已经疯了，把自己关在一座中国的破庙里十年之久，一定疯得更严重。"你能活着来到这儿，已经够走运的了。"他这样对蒂姆说，"要是被一只小得看不到的蚊子咬上一两口，过不了一会儿，最多一两天，你就得送命了！"

"所以呢？"蒂姆回答。他想到了那些不得不在沼泽地中劳作的人们，随时随地都可能倒下死去。若是只靠这些人，大路是不可能修完的。有些人连锄头和铲子都没有，就那么用自己的双手把泥土装进篮子里。七天了，监督的人这么说，大概有七天了。路能够修成现在这样，已经是一个奇迹，但想要修完的话，得需要另一个奇迹发生。

"怎么也得再等上几天，那片大沼泽才能过卡车。"他告诉布朗内尔。

"我听说，已经有人等了很多天了，"布朗内尔反驳道，"我只管把货交给你，我得回去了。"

"行。那就交给我吧。"蒂姆回答。

他发现自己瞬间拥有了一大批美国来复枪，还得为它们付上一大笔钱给美国斯泰恩军火公司。

"幸亏我是他的儿子和继承人。"他签下支票时这样想，这可是他有生以来第一次为自己的身份如此庆幸。他花了十天时间准备卡车和招募司机，第十一天的早晨终于万事俱备。他对自己的车队十分满意，即使司机们看上去都像土匪似的——腊戍城中满是破旧的卡车，车主的样子都像土匪一样可怕。因为这年头在缅甸的公路上开卡车能挣的钱比当强盗更多，路修通以后跑一个来回就足够养活一个人的下半辈子了——如果真的有这么一天。司机们都无比激动。

"准备好了吗？"蒂姆叫道。

"好了！"司机们的喊叫声此起彼伏，车队在鸣笛和欢呼声中离开了腊戍。

蒂姆再次站在大沼泽的边缘,车队在他身后纷纷发出引擎熄灭的噼啪声。沼泽竟然有了不小的变化。他和小王一起挣扎着徒步走过的那二十英里蜿蜒小路,现在成了一条宽宽的黑色泥潭,一个深不见底的沼泽。一个矮小的男人朝他走了过来,身上穿着沾了泥的白色制服。他帽檐下面的眼睛因发烧而炯炯有光。

"我们要等多少天才能过去?"蒂姆用中文问。

男人用流利的英语回答:"说是七天。但我们每过几天都得换一批人,因为苦力们死得太快了。现在没人愿意来了,都知道可能会死在这儿。"

"我过来的时候,您不在这儿啊。"蒂姆说。

"我是接替上一个人的,后面还会有人替我。"男人说。

"看起来我们得继续等了。"蒂姆说。

"等的人多着呢。"男人回答,随后回到自己的岗位上。蒂姆只得带着车队去最近的乡村客栈。

红烛和长香依然摆在大佛面前,但已经落满了灰。治安官在确定日本人不会轰炸大理之前,是不打算再来了。这当然还不能确定，因为他们已经轰炸到了云南的省会，离这儿不远了。有传言说，黄狼打算对抗他们，目前还没任何动静。的确，黄狼或许只是夸下海口而已；还可能是眼看日本人越攻越近，有人编出来自我安慰的话。

"他知道的，我的部队首先得保护我自己的安全。"治安官嘟囔着。在当前的情势下，他觉得再爬一次山去威胁大佛已经不值得了。渐渐地，人们开始对即将到来的一切听天由命。于是大殿中的灰尘越积越厚。

老住持掌握着蒂姆客厅的钥匙，身体好的时候，他会自己去把大佛擦拭干净的。但这些天他病了，却不愿意把钥匙交给手下的任何一个和尚。他们中的两个曾经是强盗，为了逃避砍头才出了家。他自己也曾经杀过人，他不放心把蒂姆的财产交到其他人的手里，即使他们问过需不需要隔几天进一次大殿给大佛扫扫灰。

"佛祖不会介意的。"他这样告诉他们，"他知道，这世间的一切最终不过是尘土。"那把钥匙，始终被他藏在自己脏兮兮的内衣腰带中。

但床榻上的老住持已经被噩梦困扰了好几天。

通常不管遇到什么问题,他只要吸上一点鸦片就好了,但这一次的噩梦来得比鸦片还要有力道。他不堪其扰,最后不得不站起身来,颤颤巍巍地在房间里绕圈。阳光特别闪耀,直射进了纸糊的窗格中,他走进院子,依然十分郁闷。他一直研究的星象无法给出一个明确的方向,他看不到一个暗藏其中的玄机,也不能明白其中的缘由。

"我要去向大佛祈愿。"他对一个老和尚说,那个和尚正坐在阳光下,从自己的僧袍里捉虱子,"有些事情我想不通。"

"好的,也请您替我念上几句经。"老和尚心不在焉地回答,注意力都聚集在一只正从他身上逃开的虱子上。

然而老住持没有去为任何人祈愿,他走进蒂姆的客厅,在大佛前点燃了蜡烛和香,把蒂姆的美式皮座椅拉到离供桌很近的地方,坐了下来,思考着到底是哪里出了问题。坐了一会儿之后,问题迎刃而解。是蒂姆遇到了问题,而黄狼的命运取决于蒂姆。他越想越确定,反而轻松了——如果一个人知道自己因什么而困扰,那就还有得救。他必须找到蒂姆。为了省事,他直接用手指捻灭了蜡烛和香。

他对大佛说,感觉好多了。而且,出去走一趟或许对他有好处。

第二天,他带着自己的钵盂和手杖上路了,他的腰带里藏着蒂姆上个月交的租金和大殿的钥匙。若是治安官想来拜佛是不行了,反正他也不太可能过来。日本人又轰炸了昆明一次,他们的队伍更加逼近了。老住持步行出发了,走路一瘸一拐,甚至故意夸大动作。走上新修的道路之后,很快就有一辆长途汽车停了下来——果然不出他所料,因为帮助出家人可以带来好运气。

"搭车吗,大师?"司机问道。

"老天保佑。"他感激地回答,上了车。

"我当然可以仅仅在精神上支持你。"老住持对蒂姆说,"但那样太容易了,我自己也想出来走走的。我还从来没坐过汽车呢。"

他们一起坐在村庄外的一棵棕榈树下,这地方离老虎出没的瑞丽江近在咫尺。蒂姆已经开始考虑,他的余生会不会就要伴随着这些卡车被困在这个地方了。他跟当地的铁匠铺订了两千把竹柄铁锹，铁匠和学徒们夜以继日地忙碌着。这样，至少那些随时可能倒下的虚弱工人们可以不用徒手挖那好多英里的泥土了。

"不管怎么说，我还是很高兴您来了。"蒂姆说，"我的菊花怎么样了？"

"我亲手给它们修过枝。"老住持回答，"等您回来的时候，它们会开得比往年都漂亮。"

"如果我回不去，那它们就是您的了。"蒂姆说，"都不必我说，您自己也是从大沼泽中走过来的，那些卡车想要开过去简直比横穿大海还难。工人们还没来得及挖好自己的坟墓就累死了。"

"啊！"老住持说，"我们需要娘子军来帮忙。"

"什么娘子？"蒂姆问。

老住持没有回答。他在思考着什么，似乎迷失在了自己的思绪深处。他的眼珠蒙上一层雾气，随后转过身去背对着蒂姆。蒂姆等待着。此刻的老住持双手紧握，盘腿而坐，头低垂到胸前，蒂姆知道他这样时是想要自己待着，不希望人打扰，或许只要几分钟，或许是几个时辰。蒂姆等了半个小时后，就悄悄走开了。他走回村子，他的卡车在客栈外面排成一列。他走回自己有些脏乱的房间,从那里扫视着车队——到现在为止,还没有丢掉什么东西,至少他还没发现。他用白色的颜料在每个装有枪支的箱子上,都画了一朵复杂的菊花。有些讽刺的是,那正是日本人视为高贵神圣的十三瓣菊花。还没有任何一朵菊花图案被窃贼破坏过,没有人知道箱子里都装了些什么。人们问起时,他都简单地回答,谎称:"是书。"

当他回到那棵棕榈树下时,老住持已经不见了。蒂姆断断续续找了两天,老住持都不见踪影,他放弃了。此刻除了焦虑如何保住自己的卡车外,他什么都顾不上——一个新的危机出现了。在那个炎热的九月下午,他忽然发现,一种莫名的惶恐弥漫在整个村落。村里唯一一条主干道两侧的商铺都上了窗板,所有人家纷纷关门闭户,下午三四点钟,每条大街小巷竟然已空空如也,每个人都宁可躲进自家昏暗闷热的屋子里也不愿出来。

蒂姆从山顶往下走,远处能看到那条依然修建缓慢的路,他被眼前突然空寂下来的村庄吓到了。他离开的时候,街巷上还满是百无聊赖却兴头十足的人们,买东西的、卖东西的、聊天的、说笑的……此刻他却看不到一个人影。当他走进旅社前院时,胖乎乎的掌柜正在等着他。

"先生,您最好还是离开我们这个破地方吧。"掌柜说。

"为什么?"蒂姆诧异地问。

"有别的客人要来。"掌柜有些为难地说。

"可我已经住了这么长时间了。"蒂姆态度温和地说。他明白,忽然之间,自己莫名其妙地变成了一个不受欢迎的人。但他丝毫不打算走。

"我原本不想告诉您的,"掌柜说,"但您住进来之前,房间里住过一个得天花的。"

"我不怕什么天花。"蒂姆回复。

"其实,是麻风病。"掌柜又说。

小王紧紧抓着装食物的箱子,在掌柜身后冲蒂姆使劲挤眉弄眼,示意他到房间里来。蒂姆一走进去,小王也进来了。

"先生,其实,是土匪们要来了。"

"土匪?"蒂姆重复道。当然,很多地方都有土匪,但他们为什么挑这个时候到这个地方来?

"他们以为咱们的箱子里面有金银财宝。"小王说。

蒂姆点了点头表示可以理解。但他的卡车绝

不能落在这些匪徒手中。

"我去会一会他们。"他对小王说,"我是个美国人,他们不能拿我怎么样。"

小王看上去一脸不确定的样子:"一般的土匪或许会听洋人的,但那些可是女人!她们根本不听任何男人的!"

"你是说,她们是女土匪?"蒂姆问。他没有离开中国的原因之一,就是永远会有意料之外的事情发生。他没见过多少中国女人——只有几个一见他就跑的农妇、一个在市场摆摊卖肉卖菜的壮实女商贩、瞎了眼或者脸上长满麻子的女乞丐、一个总站在庙门口但他一看她就消失了的小姑娘……所以她们对他来说,是无比神秘的存在。

"是娘子军啊!"小王大声说。

蒂姆有点想笑。"如果只是些娘子,"他说,"那更没什么好怕的了。去跟掌柜说,在我的国家,没人害怕什么娘子。"

小王去了,但他说的却是:"我的主人是美国国王身边最尊贵的总督的儿子。他脖子上挂着一枚皇室印章,还会法术。娘子军来的时候,他会一个人出去跟她们单挑。如果她们不配合,他就把她们全部灭掉。"

"他也有魔法枪吗?"旅社掌柜问。

"他衣服里就藏着两把呢。"小王回答。刚踏上这趟艰辛旅程的时候,小王就曾经建议蒂姆随身带一把枪防身。

"我不想带枪。"蒂姆当时这么说。

"为什么啊,先生?"小王问。

"因为我不想当一个有可能杀生的人。"

当时小王就觉得这个想法一点都不明智,所以他谁都没告诉过。

"要是他真的有两把枪,还会法术,"掌柜说,"那想留下就留下吧。但无论发生什么,我可不负责。"

掌柜把消息传递给了村民们,让他们暂时安定下来。但他们建议掌柜偷偷掐死蒂姆,然后传话给娘子军说,一切都是谣言,根本没有什么美国人,也没有财宝。把蒂姆弄死以后,他们可以自己打开那些箱子。

"不是说会法术吗,那就让他试试。"掌柜说,"反正我们自己也对付不了娘子军。"

那天晚上，蒂姆在月光下穿过丛林、接近沼泽地时，停下了脚步——没什么用的，他笑了笑，在心中这样想——无论怎么小心，他都不得不弄出很大的动静，周围如果有人，闭着眼睛也会发现他的。为了不被致命的蚊虫咬到，他在自己身上涂了一层猪油和桉树油的混合物。汗水顺着皮肤表层的油脂流下来，让他觉得自己在一个橡胶套中。他趴在一棵低矮的树下，用手电筒照一遍树根下的苔藓，确认有没有蛇。

对于那些传言，他一个字都不信，但他已经给出了自己的承诺，就必须出来见见这些女人们。他甚至不相信她们真的存在。对他来说，女人是温柔而娇弱的，他在美国时认识的女人就不多，跟一尊大佛住在一起多年，更是清心寡欲。他有些好奇，但并不害怕，他身上仅有的武器就是一双高筒靴和一支防蛇用的手杖。

还没到午夜，他身后的村庄一片死寂。他车队中的每一个司机都缩在卡车的车座里，假装睡着了。一直忠心耿耿的小王这次却拒绝了陪他前来。

"最好还是让一个男洋人单独跟娘子军碰面吧。"他这么说。蒂姆离开以后，他给房门插上了木闩，坐在食品箱子上面。里面的东西已经所剩无几了，只有几罐汤、一盒豆子、一块干奶酪和一点点糖。虽然卡车司机不太会打食品的主意，但守护的职责已经成了他一种习惯。

蒂姆潜伏在丛林里的暗夜，周围都是骇人的聒噪声，他感觉得到自己的肌肤和毛发都在微微颤动。终于，在月光的照射下他看到了人影。一群移动的黑影，被摇摆闪烁的亮光打破。他一直注视着，直到觉得半个沼泽几乎都挤满了人。

"果然是土匪。"他想，管他是男人女人呢，他都很来气。

"真见鬼，我的枪是用来打日本人的。"他一边想一边盯着那些人看，"就让我直接走上去跟他们对峙吧，告诉他们，为自己的国家想一想。"

他直接跳了起来，紧紧握住手中的电筒，然后在泥沼中艰难地行进了几百米。

那些人看见了他。他知道，因为那些人所有的动作一瞬间都停止了，亮光也熄灭了。所有的黑影聚集成了漆黑的一团，他能感觉到对面是在观察、等待。但他没有停下脚步，两腿依然不停歇地轮番从泥沼中拔出前行。

当到达近得可以对话的位置后,他停了下来,举起手中的电筒,电筒的光圈里映出了一张脸,一张刚毅而清秀的脸——是一个女人!他又把电筒依次照向周围的其余面孔,竟然都是女人,全部。

"真是见了鬼了。"他用英语清晰地说。

对面站着的人群鸦雀无声,一动不动,在月光中挡在蒂姆面前。

"你们是什么人?"他用中文问道。

没有人回答,所有人都在沉默中伫立着。

他把电筒的光照回最前面带头的那个人,仔细研究着那张脸——她神情坚定,皮肤光洁,大大的眼珠就像黑玛瑙,好像什么都不懂,又好像什么都懂,他也不能确定。不知道为什么,他觉得自己好像之前在哪儿见过这张脸。他又用手电光上下照了照女人挺直的身躯,发现她没带枪,也没带任何武器,手上只有一把种地的锄头。

"你们从哪儿来?"他问,用手电光直照着女人的眼睛,她的目光中却没有一丝回应,只有一种坚定的等待。随后,他开始急着用力向后退,手电光扫过其他女人时,他发现,每个人手里都握着一把锄头或是铁锹。他转过身,用能做到的最快速度在泥浆中往回跑去……

到达丛林边缘的阴影中后,他停了下来,等待着,观察着。没有人追过来。过了一会儿,她们好像是等了足够久,确定他已经离开了,人群开始纷纷重新移动,在月光下散开。又过了一会儿,闪烁的光又被点亮。他终于看明白女人们在做什么——她们在修路!那条累死了那么多苦力也没能修好的路。她们只是来帮忙铺路的,没有其他任何目的。他站在那儿注视着她们,那些强壮如牛的身影有条不紊地迅速劳作着。是的,她们就是为此而来,别无他求。

他转身走回村子里,天快要破晓,他大声拍着被小王锁上的房门。

"您没死吗?"小王看到他时立刻问。

"没有。"蒂姆简短地回答。

"土匪们呢,先生?"

"她们不会来这儿。"蒂姆想都没想地回答。不知为何,他不太想告诉别人自己见到的一切,太难解释明白了。但小王直接从他撑着门框的手臂下面钻了出去。没过一会儿,他就听到小王在旅社的每一个角落吹嘘自己主人的壮举——

"我说什么来着?娘子军不会到这儿来的!是我家主人把她们都挡住了!"

他任由小王去了。有什么关系呢?他亲眼见证了一个奇迹。

这件事,后来成了那个地方人人口耳相传的奇迹。大沼泽曾经吞噬过那么多条性命,却在几天被筑成了一条坚固结实的带状硬地。人们每天早晨都赶来观赏前一天夜里的修路进度,他们都在心中惊叹,这真的是一夜之间完成的吗?眼前的一切,绝对是一个奇迹,最好什么都别问,接受它就足够了。

五天五夜后,大路铺好了。蒂姆一马当先,带领着他的车队开了上去。这一切是一场梦吗?还是海市蜃楼?但大沼泽中的土地,安全而坚固。蒂姆亲自驾驶着卡车向前,顺利到达了沼泽的另一端,身后跟着上百辆各式车辆,装载着各种货物,驶入了中国的边境后门。

古庙中的箱子等待着被领走。蒂姆已经洗过了澡,他浑身舒畅,从卧室中走出来盯着面前的许多箱子。他完全不知道下一步该做什么。这时,他感觉到有人碰了碰自己的手臂,转过身,是老住持。

"我听说您回来了。"老住持说。

"刚到。"蒂姆说。

"成功了吗?"老住持问。

"非常成功。"蒂姆回答,"您呢,您去了哪里?"

"我?"老住持一副刚刚才想起来的样子,"哦,对了,我是没打招呼就离开了。我回了一趟年轻时曾经住过的地方,其实,我在那儿杀过一个男人,为了一个女人。她不是我的妻子,因为老天另有旨意。但这次是老天让我去找她的,因为那地方的人不怕老虎病①,也不怕被蚊子叮的传染病,就算得了也不会死,特别是女人们。"

"应该是免疫了吧?"蒂姆问,"他们已经共存了好几个世纪。我觉得你可以把那些蚊子叫作老虎。"

"佛祖保佑着那里的人。"老住持回答,"我记得年轻的时候她无所畏惧,不怕老虎,不怕蚊子,

---

① 霍乱的别称。

也不怕任何人。我一直记得,所以我去找了她。"

老住持停了片刻,又继续说,"她是个女人,整个宇宙中只有我,能让她遵从佛的旨意。"

"这就是你说的奇迹?"蒂姆微笑着问道。

"每件事都是奇迹。"老住持回答,"这件也同样是。我对她说,我们的儿子需要武器去打败敌人,一个男洋人有他要的武器,但他在等路被修好。"

"你们的儿子?"蒂姆重复。

"嗯。"老住持轻声说。

"那么,"蒂姆沉默了片刻后,说,"就请您通知他吧,枪送到了。"

"明天您起床之前,这些箱子就已经消失了。"老住持平静地说。

两人并肩而立,透过敞开的庙门遥望着美丽的大理城。它跟过去的几个世纪相比,几乎没有变化,除了那条平坦而清晰的新路。路上,一个个小小的光点移动着,宛如纺纱一般,一上一下,是各种各样的小汽车和卡车。它们依次映射出太阳的光芒,继续向前,在连接东方与西方的大山之间。"现在不管运什么,走新路都很容易了。"蒂姆说。

"是的，没错。"老住持回答。他已经说完了所有想说的话，走开了。

老住持离开以后，蒂姆吃完晚饭漫步下山，又走进了那间昏暗逼仄的邮政局，叫醒了趴在桌上打盹的办事员。

"发电报。"他说，用印刷体在一张纸片上写了几个英文字。

小办事员一边挠头一边睡眼惺忪地读着："再要两倍，最低价多少？速回。蒂姆。"

"对。"

回到山上的寺庙中后，蒂姆看到小王身穿一件白色长袍，准备了茶水和小芝麻饼，正在等着他。小王的脸色貌似波澜不惊，蒂姆却一眼看出他在努力压抑兴奋，故意不动声色。

"我准备睡了，小王。"他愉悦地说，"打算一觉睡到大天亮。"

"是，先生。"小王说，又用中国人特有的感恩方式补了一句，"先生，感谢您的大恩大德。"

他伸手把煤油灯光调暗了些。火光在变暗之前忽然一闪，蒂姆猛地转身，从卧室门往外望去，刚好看到了那张金黄色的脸。那金灿灿的眼皮一定是往上抬了一下,那玛瑙般的眼珠一定是看了看他,好像什么都不懂,又好像什么都懂,他也不能确定……

"不必谢我,这是一个奇迹。"他说。

荷 叶 边

"亲爱的,对付这些当地裁缝,就得够狠!"

罗威太太——邮局局长的妻子——有些困难地坐进自家宽敞阳台上的藤编摇椅里。她是个满面红光又高又胖的女人,一看就是住在中国港口城市的这十来年,吃得太多,运动太少。此刻她正对着身边的客人说话,那张挤满横肉的方脸更红了。她身边站着一个中国男仆,刚刚低声通报说:

"太太,裁缝来了。"

年轻些的纽曼太太用羡慕的眼光望着女主人:

"阿德琳,我要是也能像你这样,擅长跟他们打交道就好了。"

她一边嘟囔,一边缓缓扇动着手中的芭蕉扇,那是从手边的小藤条桌上拿起来的。她用一种不满的语气继续抱怨说:"有时候我还是觉得,定做新衣服不太值,虽然这里很便宜,特别是当地布料做的。但在这儿做衣服太麻烦了,这些裁缝真难搞。比如说亲爱的,有一次我的裁缝满口答应能三天给我做出来一条连衣裙,却连着一两个星期都没出现!罗伯特跟我说,我看上去不够体面,我的衣服去参加拍卖会不合适。我告诉他,如果他知道找到一个合适的当地裁缝有多难,还有他们把袖子剪得有多奇怪……哦,天哪……"她的声音越来越小,最后随着一声叹息结束了。她再次飞快地挥了一下扇子,又用手帕抹去了嘴唇上方的汗珠儿。

"你看我的!"罗威太太命令一般地说。她的声音低沉而不容置疑,灰色的圆眼睛冷冷的,在干枯的棕色小发卷下面显得间距更近了一些。她把那对眼睛转向中国男仆——那人正笔直地站着,头微微低垂,目视地面——对他说:"伙计,带裁缝来这边!"

"是,太太。"男仆低声说道,离开了。

几乎是立刻,敞开的门外响起了轻柔平稳的脚步声。从房子的后门穿过走廊,跟在男仆身后走进来的,正是裁缝。他是个高个子中年男人,比男仆还高,脸上带着一种克制的平静。他穿着一件褪了色的蓝色粗布长衫,手肘处有整洁的补丁,腋下夹着一个白布包袱。他向两个白人太太弯腰行了礼,就蹲了下来,把包袱放在阳台的地板上,解开,里面是一本又破又旧的英文时装书,应该是来自美国,还有一件没做完的蓝白点丝绸连衣裙。

他把这条裙子小心翼翼地打开,再举起来,让罗威太太检视。一看这硕大的尺码,肯定是给她做的无疑。她用挑剔的眼光冷冷地看了看,寻找着某个细节。

忽然,她大声说道:"这领子不行,裁缝!我说了,要荷叶边!你看看,现在流行的!"她快速翻动着那本书,找到了有大码女模特的一页,"你看看,跟这个一模一样的!你做的那个平领算什么?我不要,我不要!拿走!"

裁缝平静顺和的脸庞上渗出了一层汗珠,"是,太太。"他的声音弱极了。随后他轻轻抿了抿嘴唇,喘了口气,又说:"太太,您先说要荷叶边,又说不要荷叶边。上次是您说要平领口的,荷叶边显胖。"他恳求一般地看着眼前的女人,但罗威太太冲他使劲挥着戴满戒指的肥手,她的藤条椅也随之猛烈地晃动。她用更高的声音说:"不,你说谎,裁缝!"她严厉地大叫,"我说了什么我知道,我没说过要平领口,从来没有!现在淑女们都不穿平领口了,你懂什么流行?"

"是,太太。"裁缝说。他显然是妥协了,建议道:"那再给我点儿布吧,太太。我可以做荷叶边,没关系。"

但罗威太太可没那么好商量:"是,你是没关系,但你浪费了我太多布料了。你以为我买这些布不用钱吗?你让我白花了多少钱!"她前前后后地摇晃,还使劲扇着扇子,脸颊变成紫色的了。她转头对着自己的客人:"我可是一直在等着那条裙子呢,米妮,可你现在看看!我本来想后天穿它去参加领事馆的茶话会呢!跟他说荷叶边,可你看看现在那个愚蠢的领子!"

"嗯,我知道。所以我刚才也说了嘛。"纽曼太太用她疲倦又急躁的声音说,"我想知道的是,你打算怎么办呢?"

"啊,你看我的。"罗威太太绷着脸说。

她有一会儿没理裁缝,只注视着自己修剪得当的花园。灼热的阳光下,一个穿着蓝衣服的苦力蹲在一排菊花花圃上方,花朵们在九月的午后闪着光。绿色的草坪上有一条窄窄的土壤,刚刚翻好。她什么也没说,裁缝极不自然地站在那儿,手上依然拘谨地举着那件连衣裙。他的两侧脸颊都有一小股汗水滑下，他舔了舔嘴唇，用颤抖的声音说：

"太太您想试试吗……"

"不，我不试！"罗威太太打断他，"有什么好试的？一团糟，领子都不对，还试什么试？"她继续眺望着阳光闪烁的花园。

"我可以改荷叶边。"裁缝恳切地央求道，"没问题，没问题，太太。您说的我都能做，请问您什么时候要？"

"我明天就要！"女人用响亮而强硬的声音回答，"明天中午十二点送来。你送不来，我不给钱，懂不懂？每次你说什么时候送来，到时候都来不了。"

"没问题，太太。"裁缝隐忍地说。此时他开始将连衣裙快速叠整齐，他细长的双手动作轻巧。"我知道了，太太。我明天就带来，做好荷叶边，整件都做好，绝对好看的。"

他谨慎地蹲下身，把裙子再包进去，把包袱认真系紧，确认没有挤到里面的东西。接着他又站起身候在那儿，脸上现出一种哀痛的祈求。他的整个身心都沉浸在这种祈求中,在他隐忍而棱角分明的脸和紧闭的嘴唇上清晰可见。他脸上的汗珠再一次冒了出来,连罗威太太都隐约察觉到了什么。她停止了晃动摇椅,抬头问道:"怎么了?"她尖声问,"还有什么事?"

裁缝又舔了舔嘴唇,用低得像耳语似的声音说:"太太,您能给我点儿钱吗?一块、两块都行……"看到她要发火的样子,他的声音更低了,"我侄子今天要死了,他有三个孩子,还有媳妇,他们连买棺材的钱都没有,没有一点钱。他病得特别重……"

罗威太太看着自己的客人说:"哇,说得多严重啊。"她喘了口气,做出一副被吓到了的样子。

纽曼太太对她说:"我刚才不是说了吗,跟他们打交道就是麻烦,衣服裁得又……而且他们整天想的没有别的,就是钱!"

罗威太太转过灰色的眼珠看着裁缝。他没有抬头,只用袖子偷偷擦着嘴唇。她又盯了他片刻,随后火冒三丈地说:"不,不行!你把裙子全做完,荷叶边做好,我给你钱!裙子做不完,没钱!门儿都没有!就这样吧,裁缝。"

"是,太太。"裁缝叹了口气,脸上已经没有一丝期盼的痕迹,哀痛的神情也消失了。一种冰冷的绝望像窗帘一般覆盖住了他的面孔,"明天中午十二点之前我会做完,太太。"他说完就转身离开了。

"你知道就好!"罗威太太胜利一般在他身后大叫,轻蔑地看着他的身影消失在走廊中。随后她转身对客人说:"如果我说明天,"她解释道,"他估计就得后天才能送来。"她又想起了什么,在椅子中向前探身,抓住一个铃铛用力摇,男仆出现了。"伙计,"她说道,"去看一下裁缝,看看他有没有拿走什么东西!"

她的声音大到整个房子都能听到,裁缝的身影在走廊尽头还依稀可见,只见他挺了挺腰,又拐了个弯儿就消失了。

"这些人可说不准。"罗威太太说,"你永远猜不出这些故事是不是编的。如果他们需要钱——他们总是需要,我从来没见过这么财迷的人——就应该多挣啊,港口有这么多想做衣服的外国人。但这个裁缝比一般的还差劲,总是想在活做完之前就要钱。有三次了,他都说家里有个孩子要死了,或者什么其他我连一个字也不会信的鬼话。肯定是抽鸦片或者欠了赌债,他们都赌钱,这样的人说话,你一个字儿也不能信!"

"哦,我知道。"纽曼太太叹了口气,站起身准备告别。罗威太太也站了起来。

"不管怎样,对付这种人,就得够狠!"她又一次说。

裁缝走出巨大的白色洋房,沉默而迅速地走在炎热的街道上。反正他已经开口试过了,她不肯。他如此惧怕她的拒绝,又花了那么久才鼓起勇气,她还是什么也不愿意给。

裙子已经做完了一多半,只剩下荷叶边。她是两天以前给的他那块绸布,当时他很开心,因为能给侄子多挣几块钱了——现在他自己的三个孩子都被老天带走了,侄子就像他的亲儿子一样。是的,他亲眼看着自己的小孩一个个离去,现在他一个孩子也没有了。

从那以后,他跟自己死去的弟弟留下的唯一儿子越来越亲,年轻人做了铁匠学徒,现在也有三个小孩了。那是个多强壮的小伙子啊!谁能想到，他会这样被死神缠住？两个月以前，他正把一块火热的长条形生铁捶打成一件犁头，那块铁不知怎的从他手中的钳子上滑了下来，掉在了他的腿上，皮肉一下子就被烫掉了，几乎能见到骨头。

滚烫的铁直接掉在了他裸露的皮肤上，当时是夏天，铁匠铺里特别热，他只穿着布裤子，裤脚还挽到了大腿上。

当然，他们试过各种各样的药膏，但什么药膏能让烧掉的皮肉重新长出来呢？这样的伤口哪有药能治啊！那可是夏天啊，到处都是苍蝇，一个敞开的溃烂伤口，它们怎么可能不聚集过来呢。整条腿都肿了。现在九月了，天气依然炎热，年轻的男人就要死了。他从大腿根到脚面全都是黑色的绷带，但无济于事。

裁缝当天早上去侄子家探望的时候，亲眼看到这一切。在那里，他明显看出侄子不久于人世。那年轻的妻子坐在家里的门槛上哭泣着，两个大些的孩子怯生生地看着她，都不敢玩了。最小的还是个婴儿，被母亲抱在胸前。最近的一两天，她的奶水越来越少，还苦涩，小婴儿吃了后直接吐了出来，可怜得难受地哭着。

裁缝拐进一条小巷，走进里面的一扇门。他穿过一个庭院，里面满是一丝不挂的孩子，在尖叫、打闹、玩耍。他头顶上方伸着几根竹竿，上面挂着几件破破烂烂的衣服，一看洗的时候就没用多少水，也没有肥皂。这些院子里，每间房屋都住着一家人，人们都会把废水泼进院子，所以即使最近一个多月都是晴天，院子里还是湿答答脏兮兮的。一股刺鼻的尿臊味充斥在空气中。

他没去注意这些，又穿过三个这样的院子，向右转，走进了一扇敞开的门，消失在黑暗中。那是一间连窗户也没有的房子，里面的气味不寻常，是一种行将就木的腐烂味道。一个女人哭泣的声音从垂着帘子的床边传来，裁缝往那个方向走去，他的脸色自打从白人家里出来就没有变过。年轻的妻子听到他来，并没有抬头。她蹲坐在床边的地板上，整个脸都被泪水浸湿了。她长长的黑发没有梳理，盖过肩膀，几乎要碰到地面了。她一遍又一遍地抽泣着：

"唉，我的男人啊……孩子他爸……别留下我一个人……孩子他爸……"

小婴儿躺在她身边的地面上，断断续续地哭

着。两个大些的孩子坐在母亲身边,每个都紧紧抓着她褂子的一角。他们也都哭过,但现在不出声了,仰起满是泪痕的小脸看着自己的伯爷爷。

但他顾不上理孩子们。他拨开麻布帘子向里望去,轻声问:

"你还活着吗,孩子?"

弥留之际的年轻男人艰难地转动着眼珠。他的全身肿胀得可怕——双手、赤裸的上身、脖子、脸。但这些跟那条木头一般焦黑浮肿的腿相比,都不算什么。那条腿看起来是那样硕大无比,好像人是腿的附件,而非腿是人的器官。男人呆滞的眼神落在伯父的身上,他气若游丝,张开嘴,好久,用了很大力气,才发出沙哑的低语:

"这几个孩子……"

裁缝的面孔忽然痛苦地抽搐起来。他在床沿坐下,真诚地说道:

"你不用担心孩子们,我的侄儿。放心去吧,你的媳妇和孩子都到我家来,我会把他们当自己的孩子养大,你媳妇以后就是我和我媳妇的闺女,你的孩子就是我们的孙子。你是我亲兄弟的儿子啊!他也走了,只剩下我了……"

他开始无声地痛哭起来。能看得出,他脸上的纹路早已习惯了这样压抑而无声的哭泣,因为他哭的时候面孔基本没有变化,只有一行行眼泪滚落脸颊。

又过了好久,垂死的年轻男人再一次说话了,同样无比艰难,仿佛必须用力撕扯自己,才能从沉重的昏迷中说出想说的话:

"您……也没多少钱啊……"

当伯父的赶紧弯下身来,回答将死的侄儿——他已经闭上肿胀的双眼,不知还能不能听到:

"你不用担心,都放心吧。我有活干,那些白人们总想做新衣服。我在给邮局局长的太太裁一条新裙子,就快做完了,只差一条荷叶边,之后她就会给我钱了,或许还会给我更多活计。我们能挣着钱的……"

但年轻的男人已经不再回应了,他彻底昏迷过去,再也无法醒来了。

不过,他依然保持着微弱的呼吸,熬过了那炎热漫长的一天。裁缝站起来过一次,把包袱放在房间的角落里,脱下长衫,又坐回到将死的侄儿床前,几个时辰都没离开。女人一直在哭,最后也精疲力竭了，坐着靠在床脚，眼睛闭着，偶尔轻声抽泣几下。但孩子们已经渐渐习惯了这一切，甚至习惯了父亲即将死去这件事，都跑到院子里玩了起来。一个热心的女邻居探头进来问候过一两次，最后一次，她抱起小婴儿带了出去，把自己丰沛的乳汁分给他吃，让孩子不那么哭闹。她的声音，带着明显的怜悯：

"也该是时候了，已经拖了一个月，本来以为他那个时候就不行了……"

最后，炎热的白昼终于接近尾声，暮色降临时，年轻的男人停止了呼吸，死去了。

裁缝这时才站起身来。他起身套上长衫，拿起包袱，对蜷缩在地上的女人说：

"他走了。你身上有一点钱没有？"

年轻女人也站起身来，忧心忡忡地看着他，把散落在脸上的头发向后拢去。现在能看清楚，她仍然很年轻，不超过二十岁，一个样貌普通的年轻女人，跟任何地方任何时候在随便哪条街上看到的女人没什么区别，不算美也不算丑，平日里都有一点邋遢，现在更是好些天没梳洗了。她的圆脸哭丧着，翘着厚厚的嘴唇，眼神有些木讷。

很明显，之前她只是日复一日地过着日子，从未想过会有大祸临头的一天。她谦卑又焦虑地盯着裁缝：

"我们什么都没了。"她说，"我把他的衣服和我自己冬天的衣服都当了，还有桌子凳子，就剩下他躺的那张床了。"

男人脸上的绝望更深了。"你有什么能去借钱的人吗？"

她摇摇头："除了这院子里的人，我谁都不认识。这院子里又有谁有钱呢？"

随后，完全意识到了自己可怕的处境，她尖声叫道："伯伯，我们在这世上，只有您一个人了！"

"我知道。"他简短地说，又看了看床上，"给他盖上吧。"他低声说，"别让苍蝇落在他身上。"

接着他快速穿过院子，邻居怀里仍然抱着那个婴儿，见他走出来大声问道："他死了吗？"

"死了。"裁缝回答，穿过院门走上街道，向西边自己的家走去。

对他来说，这是整个夏天最热的一天。有时候九月的天就是这么炎热，夏天火烧一般地就进了秋天。夜晚也没有凉意，大团的阴云压在城市上空，街道上满是打着赤膊的男人和衣衫单薄的女人，坐在从家里带出来的小竹板凳上纳凉。有些人还铺着竹席或草席躺在街上。到处都有哭泣的孩子，母亲们疲倦地给自己的婴儿扇着扇子，惧怕着夜晚的到来。

裁缝飞速穿过人群，头低垂着。他现在很累，很累，却还不饿，虽然一整天都没吃东西。他吃不下——是的，就算回到租住的院子里自己的那间房，他那个又老又笨，孩子也养不活的媳妇拖沓着步子喘着气从街上端来一碗冷米糊放在他面前的桌上时，他依然吃不下。

他的衣服上仍然弥漫着那种气味，充斥着鼻孔。他忽然想起那条丝绸连衣裙，白女人要是闻到了这味道可怎么办！他猛地站起身打开包袱，把裙子抖搂出来，小心地把里衬翻到外面，挂在床边立着的老旧裁缝架上。

但它不能被挂在那里太长时间，他必须做完这件衣服才能拿到钱。他把褂子衬衣和鞋袜都脱掉，只穿着裤子坐了下来。这么热的天气他必须小心，不能让自己的汗弄脏料子。他拿出一块灰色的毛巾缠在头上，这样汗就不会滴下来，又把一块布片放在桌上，时不时擦擦手。

他迅速地缝着，用细长的手指轻轻捏着丝绸，这并不是他熟悉的样式，因此也不敢做得太快，做坏了主顾会不高兴。他思索着该怎么做。去年他有过一个学徒，只因世道太难了，他不得不打发那孩子走，所以现在只有自己的双手能用了。但这也不算太糟，因为那个孩子总是犯错，白女人一直强调："你得自己做，裁缝。别让那个小家伙给毁了。"是的，但自己的十根指头怎么可能在三天之内做出一条裙子来呢？如果她还有另一条裙子要做就好了，那就能一共赚十块钱，十块钱够付一口棺材的定金了，剩下的可以之后再交。

不过，如果她不再给他更多活计做了呢？那他该怎么办？也只有借高利贷了，但他不敢。如果一个人借了高利贷，他就毁了，利息会像猛虎一样追在身后，几个月之后就得翻倍。棺木下葬以后，他必须带着侄儿年轻的媳妇和三个孩子一起生活，而他们自己只有一间房。想到那些孩子，他不由得心头一暖，随后又因担忧而冷了下来，因为自己得养活他们。他必须多找些活计。是的，肯定有更多活能做，毫无疑问。邮局局长的太太会想要更多衣服，明天肯定会找他订另一件丝绸连衣裙的。她那么有钱，住在那间硕大的洋房里，还有一个巨大的花园。

午夜临近，他还没有做完。最难的部分都还没开始。他拿起时装书，把它摊在小煤油灯忽明忽暗的亮光下，缝起了荷叶边：先折起来，勾出长而匀称的褶皱，再仔细缝好。他折叠着细小的褶皱，手因疲倦而颤抖。他的媳妇躺在床上鼾声如雷，什么都吵不醒她，即使是摇摇晃晃飞速运转的缝纫机发出的噪声。凌晨时分，只剩下一道手工熨平的工序，烙铁正在火盆上加热。好了，他总算能睡上一会儿，歇一歇酸痛的眼睛，再起来做完它。他把裙子挂在架子上，就在媳妇身边躺下，一瞬间就沉沉地睡过去了。

但他睡不了多长时间，早上七点他就爬起身来继续工作，直到接近中午，才停下来吃了一口昨晚吃不下的米糊。他总算是做完了，花费的时间比之前想的还要长。他眯缝着眼睛看了看太阳。是的，他应该能在正午之前赶到洋房，得快一点。他可不能惹那女人生气，那样她可能就不给他下一件衣服做了，她上次已经发了脾气。不行，他一定得再接到一条裙子,然后今天下午和晚上马不停蹄地干,明天就能做完。他担心地嗅着刚做好的裙子,好像是有一点点味道,白人太太会发现吗?

不过很幸运,她没有注意到。她坐在阳台上那张会晃动的怪椅子里,挑剔地看着眼前的裙子。

"都做完了?"她一如既往突然提高声调,问道。

"是的,太太。"他谦卑地说。

"好吧,我试试。"

她走进了自己的房间。他屏住呼吸,等待着。或许,衣服上还有味道?但她穿好裙子走回来时,脸上泛着惬意,但也不多。

"多少钱?"她生硬地问。

他迟疑了片刻。"五块,太太。拜托您了。"看到她眼中升起的怒火,他又犹豫地补充道,"丝绸裙子,得要五块啊,拜托您太太。随便哪个裁缝都得要这个价。"

"太贵了,太贵了!"她宣布,"你还浪费了我的布料呢!"女人极不情愿,但还是把钱付给了裁缝,裁缝接了过去,小心地不触碰到她的手。

"谢谢您,太太。"他柔声说。

他蹲下身,开始系包袱,手指都在发抖。他现在必须问她了,但怎么才能开口呢?如果她拒绝,他该怎么办?他拼尽全力鼓足勇气:

"太太,"他说着,恭敬地抬起头,但避免直视她的眼睛,"您还有更多的衣服能交给我做吗?"

他等待着她的回答,目光注视着闪着光的花园。但她已经转过身往里间走去换衣服了。她没回头,只是冷漠地说道:

"没了,没了!你惹的麻烦太多了,毁了那么多布料。又便宜事又少的裁缝多的是!"

第二天的茶话会上,胖女人遇到了瘦小的纽曼太太,她正百无聊赖地坐在一张藤椅上,看草坪上一群白人玩槌球。纽曼太太暗淡的蓝眼睛在看到罗威太太身上的新裙子时,稍稍亮了一瞬间。"还真拿到了你的裙子啊!"她带着寡淡的兴趣说:"我还以为根本没戏。他还把荷叶边做得挺好看呢,对吧?"

罗威太太低头看看自己硕大的胸脯,那位置刚好有荷叶边，针脚细致，熨得也很完美。她满意地回答："对啊，很好看，谁说不是呢！我很高兴自己还是要了荷叶边。而且，好便宜啊！亲爱的，这一整条带荷叶边的裙子，才花了五块钱！算下来还不到两美金！什么？哦，对，他是整整十二点的时候送来了，我跟他说了必须那个时候来。跟我要求的完全一样——对付这些当地裁缝，就是得够狠！是不是？！"

大　河

兰英从出生起，就跟着自己的父母，还有三个弟弟一起住在这条河边。虽然人们都叫它"大河"，有时也会叫它"母亲河"，因为它用很多方式养育了两岸的人，但它真正的名字是"扬子江"，或者"长江"。每年春天，大河翻滚的波涛里都会裹挟着它源头的上百座高山上融化的积雪，兰英在岸边帮父亲看守渔网的时候，经常坐着出神，想象着大河源头的景象。渔网被张开，挂在河边的竹竿上，河面那么宽，她脚下的河水湍急而浑浊，真的很难相信它曾经只是一股小小的山间溪流，它从岩石峭壁上泻落下来，在沙地上缓慢地流淌。她唯一能联想到的就是自己的小弟弟，他三年前才出生，那时候他多小啊！小得都不像是一个人。但他最终也会长大，变成大人，就像这条变大的母亲河，最后流向大海。

兰英耐心地坐在渔网边，等待着下一次收网

的时机。她望向河对岸，河的那边，在她眼中，只是一道浅绿色的细线。水雾弥漫的清晨，她看得不大清楚，感觉自己正坐在一片浑浊的汪洋边。兰英几乎每天都坐在大河岸边，对她来说，这条河，已经跟一个朋友差不多了。她父亲并不是渔民，而是农民，在河边种水稻和麦子。父亲的土地有一两亩，从河岸延伸至村口的小山包。村里住着六户人家，他们都像兰英的父亲一样，以种地为生，但家里也都有渔网，靠孩子们和老得做不了农活的老人们看顾。打鱼赚的钱是额外的收入，可以用来过节、祭祀或买些新衣服，而且鱼肉也十分美味。

兰英突然从小小的竹板凳上站起来，用尽全力拉动绳索。网慢慢地升上来。有时候网里什么都没有；有时候会有几条很小的鱼，她得用长柄的小网兜把它们捞出来；有时候里面有一条大鱼，但好几天才会有这么一次。现在的网里没有大鱼，只有几只小鱼苗，她都捞了上来。她母亲会用竹扦子，把每只小鱼都钉在一块铺着垫子的木板上，小鱼被阳光晒过后制成咸鱼干，早上就着米饭，好吃极了。她把网又降下去，自己也再一次坐下来。

这样一个人坐着,有时候日子显得很长。她一吃完早饭就会过来,坐到中午才回家。但比起其他孩子们干农田里的活计——比如像她的弟弟们那样,坐在毛又多又硬的水牛背上放一整天牛,或者在水湾里放鸭子——她还是更喜欢看守渔网。她喜欢打鱼,因为流淌的大河对她来说是十分友善的,有船只从她身边经过,偶尔还会游过野鸭子,好大一群,随着水波漂过,起起伏伏。总是有东西可看,比如船只,各种各样,从小渔舟到大艘的货船,有些船头还画着眼睛的图案,盯着她看。隔上几天还会出现矮胖的外国商船,有的还冒着白烟——她不喜欢这样的船,大河也不喜欢,每次它们经过,大河都会翻起愤怒的大浪,拍得它们摇摇晃晃的。有时候河里的浪太大了,小渔船们几乎要翻了,渔民们就会咒骂那些外国船。看到大河这样生气的时候,兰英也会生气,又赶快跑过去稳住自己的渔网。不过,通常这些蒸汽船开过之后,她的网里面都会有鱼,它们是被突然的大动静吓慌了。兰英看到在渔网底部翻腾的银色鱼肚子,就会在心里感谢大河送给她这么大的鱼。大河是慷慨的,它的河岸给了他们粮食，河水又给了他们鱼肉，对于生长在河边的兰英，大河就像天神一样。一天天眺望着河水，她开始能读懂大河的面孔，了解它每一天的心情。

大河也是她能读到的唯一一本书，因为她根本不敢想象去学校读书。他们的村子里没有学校，但她很清楚学校是什么，每年她都会和母亲到市镇上赶一次集，那里就有一个学校。赶集的日子，学校是空的，学生们都不上学，但她还是会在经过时好奇地往空教室里看，里面有课桌和椅子，墙上还挂着画。第一次去的时候她问母亲：

"他们在这里面做什么呢？"

母亲回答："读书啊。"

兰英从来没见过书本，所以好奇地继续问：

"娘小的时候读过书吗？"

"当然没有！"母亲大声说，"我哪有空呢？得干活啊。只有整天闲着的人才会去上学，像那些城里人就是。我爹确实想把我大哥送进学校。爹是个高傲的人，觉得家里有个会读书写字的人很体面。但我哥去了三天就烦了，坐不住，闹着不愿意再去了。他又哭又发脾气，我爹就顺着他了。"

兰英听完沉思了好一会儿，又问："城里所有的人都读书吗?女孩子也去?"

"我听说现在流行这样。"母亲说着,把自己纺的带到市集上卖的棉线换到另一个肩头,"但女孩子读书有啥用我不知道,回家还是得做饭纺线打鱼啊,成了亲以后在男人家照样得做,然后生孩子。书本教不了女人啥呀。"她加快速度向前走去,肩上扛的东西仿佛重了些。兰英也加快了脚步,却发现脚上的新鞋沾了灰,俯下身去用手拍,就忘记了读书这件事。

回到河边以后,她也没再想过这些。是的,读书跟她在大河边的生活没有任何关系。她要做的只是拉起渔网再放下去,晚上回家往土炉子里添柴草——炉子上有两口铁锅,里面煮着晚上吃的米饭,如果大河当天足够慷慨,还可以配一点鱼肉——吃完饭带着碗筷跑到河边,在河水里冲干净,再在天黑透之前回到家爬上床,躺着听大河的芦苇荡里轻柔的水声。这就是她每天生活的全部,只有过节和赶集的时候会不一样,但也仅仅就那一天。

这样的生活很平静,也很安全。父亲总去市

集里卖自家产的白菜和粮食，兰英有几次听到父亲说，北方在闹饥荒，因为没有雨水。他总这么说："你现在知道住在大河边有多好了吧！不管下不下雨都没关系，只要提着桶去趟河边，地里就有水用了。因为我们的大河里面，流着上百座山谷中的水，下不下雨都没关系。"

听到这些话，兰英觉得他们过的一定是全世界最好的日子，他们住的也一定是全世界最好的地方，田地里总是收成不错，河边的柳树一直是绿的，金灿灿的芦苇是烧不完的柴火，一切都是大河给的。她一辈子也不会离开大河，都会生活在这里。

不过，有一年春天，大河变了。谁能料到，大河也会变呢？它每年都一样，直到这一年。坐在渔网边的兰英也发现了。每年春天，河水确实都会上涨，水位会在黏土砌成的河堤上越升越高，但今年高得离谱。黄色的河水中出现巨大的漩涡，卷向河岸，时不时会有巨大的泥块从岸边被猛地拍下去，再被河水得胜一般地吞没。兰英的父亲过来把渔网挪到一个水湾的旁边，害怕她坐的位置也会沉没，害怕河水把她卷走。兰英平生以来第一次有些害怕大河。

水位应该下降的时候到了,但大河没有一点水往下降的迹象。高山上的积雪这时候肯定都融化了,已经是夏天,风都是热的。这时的大河本该在明亮的天空下平静流淌,但此刻它一点都不平静。河水持续汹涌,仿佛被一片隐秘且不知疲倦的汪洋滋养着。从上游峡谷来的船只都被激流和风雨拍打得不成样子,船夫们说雨季虽然早已过去,大雨却还是日以继夜下了好几周。山中的溪水和小一些的河流都把自己积攒的雨水汇入了大河,河水一直愤怒地奔流。

兰英的父亲把渔网又往河岸远处移了些,兰英一个人的时候,也不再眺望河水了。她背过身,看着田地。她现在已经很害怕大河了。

因为它变成了一条残酷的河。炎热的夏日,河水每天都在上涨,有时候一天能涨一两尺高。水面淹没了半熟的庄稼地,把丰收的希望都带走了。河水涌进了运河和支流,把那里的河岸也淹了。各地都传来河岸决堤的消息,大片的水墙淹过树木茂密的深邃山谷,把很多男人、女人和小孩都冲走了。

兰英的父亲把渔网往后移了不少,现在小河湾的岸边也被水淹了。他每移一次网,都会嘟囔着咒骂大河:"我们的这条河是疯了吧!"

终于有一天,他把拉网的绳索系在了打谷场边树林中的一棵柳树上,就在兰英家的门口。是的,河水已经涨到这么高了,只有六间茅草屋的小村庄,现在变成了一座孤岛,周围都是浑黄的河水。所有人都开始打鱼,因为没有庄稼可种了。

看起来,大河已经没法再造更多孽了。有一天晚上,兰英睡不着,河水的声音听上去离她的床那么近。一开始,她不敢相信水还能再涨,直到她看到父亲眼中的恐惧。是的,河水比以前更近了。前天不还只是淹过了半个打谷场吗?现在真的更近了,再过三天,就要淹进房子了。

"我们得去最里面的大坝,"兰英的父亲说,"听说有一次,我爹的爹还活着的时候,大河也这样涨过水,那时候他们就逃到里面的大坝去了。这样的大水五代才来一次,让我们遇上,肯定是被诅咒了。"

最小的弟弟开始大声哭起来,他害怕。到现在为止,屋顶还在头上,墙壁还在四周,只是到处都能见到水,让人很不自在,让人感觉自己在水中的一条船上。但听说大家都必须离开,去一个堤坝上生活时,小男孩受不了了。兰英也因心疼而湿了眼眶,她把弟弟拉过来抱住,把他的小脸按在自己胸前。

"能带上我的小黑羊吗?"他抽泣着问。

弟弟有一只黑色的山羊,从小被他照顾着,是父亲养的两三只羊中的一只。

"羊我们都带上。"父亲大声回答。

妻子问:"那它们怎么过河啊?"

他简短地说:"必须带上,得吃它们的肉。"

就是那天,父亲把家里的门板卸了下来,跟木床、桌子绑在一起。他把这简易的筏子绑在了一个小木桩上,让兰英、母亲和儿子们都爬上去。家里的水牛用一根绳拴着,让它自己游泳跟着,鸭子们和四只大鹅也是游泳跟着。但山羊们被放在了木筏上。他们刚出发,大黄狗就追着游了过来,兰英大叫:"爹,你看!萝卜也想跟我们一起走!"

但父亲摇了摇头,继续划着桨:"不行。"他说,"萝卜现在得自己看顾自己,自己找吃的了,如果它活得下去的话。"

兰英觉得父亲太残忍了。弟弟喊道:"我给它自己的半碗饭!"

父亲大喊着,好像生气了:"米饭?什么米饭?发大水哪长得出来稻子?"

孩子们不出声了,他们不太明白是怎么回事,但是很害怕。家里从来没有缺过米饭,大河无论如何,每年都会给他们稻子。后来萝卜终于累了,游得越来越慢,离得越来越远,最后,他们再也看不到黄色的河水中它黄色的脑袋了。

在水面前行了好几里之后,他们终于来到大坝,它就像一座山脊矗立在天空下,看上去比天堂还要安全。终于站上了土地,干燥的土地!兰英的父亲把木筏绑在一棵树上,全家人都爬上了岸。

岸上已经有很多人了,到处都是,山脊上扎满了茅草棚子,还有一堆堆带出来的家具:凳子、桌子、床都有。就连这座大坝也无法抵御洪水,距离上次发这么大的洪水,已经过去了一百多年,很多人已经忘记了这种大灾的可能性,所以他们没有持续维修。河水已经顺着大坝表面的缝隙渗了过来,后面的许多土地也被淹了。大坝还屹立着,宛如一座孤岛,上面聚集着来自四面八方的人。

在很小的一块干地上，不只有人，还有牲口，连老鼠和蛇也来了。树木立在水中，蛇顺着树干爬上来，垂挂在树枝上。一开始，人们试着打蛇，把它们杀死扔进洪水。但后来蛇越来越多，人们也管不过来了，就让它们挂在那儿，除非有剧毒的那种蛇出现。

从夏天到秋天，兰英一直跟家人住在这里，他们带来的一篮子米早就吃完了。水牛最后也被杀掉吃了。杀牛的那天，兰英看到父亲一个人走到远处，独自在水边坐着。她想走过去，却被粗鲁地呵斥了回来，母亲把她叫过来，轻声说：

"现在离他远点。他在想以后没有了老牛，可怎么犁地。"

"怎么犁呢？"兰英问，思考着。

"是啊，怎么犁呢？"母亲一边阴郁地回答，一边切着牛肉。

这一切真的都是大河做的吗？简直不敢相信。羊在水牛之前已经被吃完了，小男孩看到自己的玩伴不见了，甚至不敢抱怨。是的，冷酷的冬天就要来了。

这一天最终还是到了——没有吃的了。然后

呢?他们现在只剩下渔网。但是,如此混沌的河水中,根本没有什么大鱼。水里只有虾子,泥泞的岸边还有几只小螃蟹缓缓爬动。所有的人都没东西可吃了。每家人都紧紧聚在一起,把最后一点食物藏着掖着,不告诉任何人自家还剩什么。少数几个还有点存粮的家庭,也只敢在昏暗的夜色里偷偷吃,不然会被逼着分给大家。但这极少的存货很快也都没有了,只剩下虾和螃蟹。也没有可以烧的柴火,人们只能生吃。一开始兰英觉得自己根本不可能去吃的,她饿死也不想吃这样的东西。父亲什么都没说,只是看着她,苦涩地笑了笑。饿了一整天后,她从一堆虾子里挑了一只不会动的——"至少我不要吃活的。"她嘟囔着。

一天一天过去,寒风凛冽,霜降来临,冬天一步步逼近了。下雨时,人们的衣服一下就湿透了,得像羊群一样挤在一起。但下雨的时候不多,第二天他们可以在阳光中把衣服晒干。兰英瘦了很多,瘦得总浑身发冷。她看看周围的人,发现男孩们也都很瘦,而且很安静,不再玩耍了。只有最大的弟弟偶尔被父亲叫来帮忙,他会慢慢走到水边帮忙捉虾。兰英发现母亲的圆脸愈发苍白凹陷，原本红润的双手现在瘦得只剩皮包骨头。但她还是显得很愉快，总是说：

"我们太幸运啦，还有虾子吃。都还能活着真是太好啦！"

确实，逃来的人已经死了很多，大坝不那么拥挤了。是的，此刻还活着的人已经有了足够的空间。

这些天没有船只经过。兰英习惯性地坐在水边望向远方，每天打鱼，能看到很多船的日子，仿佛是上辈子的事了。她真的有过洪水之前的生活吗？他们仿佛是全世界仅存的一群人类，栖息在汪洋中心的一小片陆地上。

有时候，幸存的人会用有气无力的声音聊天，每个人的嗓音都没有之前洪亮了，都是一副病了很久的样子。他们谈论洪水何时才会退去，怎么才能找到拉犁的新牲口。兰英的父亲总会低声说：

"我可以自己套上犁耕地，我家老婆子也可以帮忙，没问题的。但没种子的话，光犁地有什么用呢？没有种子，我们种什么呢？"

兰英开始幻想有船过来。世界上什么角落肯定还有其他活着的人，他们可能有粮食。那若是

船不来呢?每天她都殷切地眺望着,水面要是有一艘船开来,上面一定会有至少一个活人的,他们就可以冲他大喊:

"救救我们吧!我们太饿了!我们这么多天,除了生虾什么东西都没吃过!"

没错,就算那个人帮不上忙,也能去别的地方叫更多人来救他们。船是唯一的希望,兰英开始向大河祈祷,请它送一只船过来。她每天都祈求着,可什么都没有来。有一天她还真的在暗黄的水平面和蓝天之间,仿佛看到了一只小船的影子,但它向天空漂去了,没有靠近过来。

但这个影子就足够振奋人心了。如果那是一只船,肯定也会有别的船吧?她小心地对父亲说:

"如果来了一只船……"

父亲根本没让她说完。他悲哀地说:

"孩子,谁会知道我们在这儿呢?没有人。我们任由大河摆布,只能指望它发发慈悲了。"

她不再说话,继续用力盯着水面。

有一天,她忽然看到天际线的位置有一个又尖又黑的影子,那是一艘船的轮廓!她继续注视着,没有说话。她怕这只船也像上次那样渐渐消失。但是它没有。它变得越来越大，越来越清晰，越来越近。她等待着。最后，它近得能看到上面站着两个人了。她走向父亲，他正在睡觉——男人们现在都是能睡就睡，这样才可能忘记快饿扁的肚子。她摇了摇他，微微喘息着，又拨了拨他的手想把他叫醒。兰英晕乎乎的，没力气大声叫。父亲睁开了眼。

"来了一只船。"她喘着气说。

父亲坐起身，摇摇晃晃地站起来，身体已经很虚弱了。他顺着水面向外望去，是真的！那里有一艘船，真的越开越近了。他脱下蓝布褂子，无力地挥舞着，赤裸的上身肋骨突出，好像一个骷髅。船上的人大喊着什么，但陆地上的人都没有足够的力气回应。

船近了，开船的人把它绑在一棵树上，跳上了岸。兰英盯着他们看，她从来没见过长相如此奇怪的人——很胖，看上去一点都不饿。那两个人热闹地聊着天——他们在说什么啊？

"我们有吃的！对，足够每一个人吃！我们一直在找你们呢！大家困在这儿多久了？四个月？哦，天哪！来吧，快吃点我们带来的米饭，都煮好了。是的,是的,还有呢!也有面粉。别,别吃那么快。记得要先吃一点点,等一会儿,再继续吃!"

兰英紧盯着冲上船的人,他们拿回一碗碗米汤和大个的馒头。她伸出一只手,自己也不知道为什么要这样做,呼吸急促,像一个筋疲力尽的小动物。她不清楚自己做了什么,只知道现在终于有了吃的,她必须吃东西了。一个男人撕了一大块馒头递给她,她用牙齿深深地咬了下去。她猛地坐在了地上,除了手中的这块馒头,一切都不重要了。周围的人们也是如此,都在大口吃着。确认过每个人手里都有食物以后,开船的两个人站在那儿望向了别处,仿佛不忍直视众人狼吞虎咽的样子。没有人说话。

没错,一点声音都没有,直到一个男人吃了一会儿之后,忽然鼓足勇气说:

"看看这馒头,多白啊!不知道什么样的麦子,才能做出这么白的馒头!"

大家认真一看,说的果然没错,那馒头就像雪一样白。船上的一个人开口说话了:

"这是外国麦子做成的馒头。那里的人听说大河发了水，就给我们送来了面粉。"

每个人都盯着手里剩下的馒头，都嘟囔着，那么白，那么好看，是他们吃过的最好吃的东西。兰英的父亲抬头望着天空，忽然说：

"真想要一点这种麦子，等洪水退了以后种在我的地里。我都没有种子了……"

开船的男人由衷地说：

"没问题，会给你的，你们都会有的。"

他就像哄一个孩子般轻松地说着。他并不明白，有种子可以重新播种，对这些曾经的农民来说意味着什么。兰英是农民的女儿，她都明白。她偷偷看看自己的父亲，发现他正转过头，脸上带着微笑，眼眶里却满是泪水。她感觉自己的泪水哽在喉咙。她站起身，走向一个开船的男人，拉了拉他的衣袖。他朝下一看，对她说：

"怎么了，孩子？"

"叫什么？"她轻声问，"给我们送面粉的那个地方，叫什么？"

"美国。"

兰英已经吃不下更多的东西，走开了。她坐下来，手里捏着剩下的那块珍贵的白馒头，顺着水面向外望去。她把馒头握得很紧，虽然开船来的人早就答应了会给他们更多。她忽然有些晕眩，脑子仿佛在游泳。如果还吃得下，她还想再吃些手中的馒头——但每次只舍得吃一点，多好的馒头啊！她望着大河，已经不再害怕了。无论如何，他们又有东西可吃了。她喃喃自语道：

"我要记住这个地方，记住帮助过我们的好心人……"

老虎！老虎！

朱茉莉还没有睁开眼睛，就知道自己该起床了。都快中午了。她听到自己年轻的女佣兰花踩在房间旧方砖地上轻柔的脚步声，一定是端了茶和糕点来给她起身之前吃的。她又多躺了一会儿，忽然很想念美式的早餐，在大学读书时每天早上都吃的那种。美国的空气总是寒冷而凛冽，她经常很饿。她让自己回忆了一会儿美式早餐的每一道菜——奶油燕麦粥、培根鸡蛋、烤吐司，还有橙汁和咖啡。啊，那咖啡真的太美味了！此刻，她简直能闻得到那种浓郁而热腾腾的香气……

"我给您把茶倒上吗？"兰花轻轻地低声问道。在这座宅子里，茉莉是唯一一个早上不会被粗暴叫醒的孩子，她逐渐苏醒时，周围只听得见轻声细语。然后就是兰花的声音——兰花是父亲很多年前给她买来的贴身丫头，她都不记得具体是什么时候了。兰花只比她大两岁，在家里等了她四年，直到她从美国回来。这段时间兰花亲手给她绣了很多精致的贴身衣物，美国的姑娘们见到了都连连惊呼：

"哦，茉莉！这真是太厉害了！看看这细致的针脚、漂亮的图案……你也太幸运啦！"

她只是微笑着，觉得兰花绣出的花鸟和蝴蝶本就该如此完美。在美国的时候，偶尔想象着兰花坐在家中院子里某一个洒满阳光的角落绣着花，这一幕会让她心中生出些许思乡之情。但那时，她也并不是真的想家，因为在美国能做的事情太多了。而现在，学业结束了，她回到了家乡，却整天都没什么事情可做。她很无聊。

克服无聊是一件多么困难的事情，这是她的父母永远也不能理解的，身边那些从未走出去过的女性朋友们也是。

她仍然没有睁眼。有什么意义呢？不管起不起床，都没有什么差别。在这座位于中国南方，古老而宁静的港口城市里，真的没有什么事情可做——没有什么重要的事情。

她感受到了兰花的手，轻轻按了按裹在自己身上的丝绸棉被。

"小姐,太太想让您今天陪她去庙里。她说别吵您,但您醒了以后就让我告诉您她已经准备好了。而且,我还给您带了点儿东西呢,快睁开眼睛看看呀……"兰花停了下来,等待着。

兰花总能让她感觉自己就像个被宠坏的小女孩。她在韦尔斯利学院①可是荣誉学生,高年级学生会主席,校长曾经这样告诉过她:"你很有领导天赋。"而兰花哄着她的样子,让她觉得自己不过是个任性调皮的小姑娘。她睁开眼睛,看到一大捧黄色蜡梅花。

"春天来了!"兰花开心地叫着,把手中缀满花朵的枝条都放在她的床上,丝绸床帷的顶棚上刹那间溢满了香气。

"蜡梅!"茉莉叫道,坐起身来,"是竹园里面的那棵老树开花了吗?"

"都开满了!"兰花笑着说。

"我都忘记了。"茉莉回答道。

"是我一直没告诉你。"兰花说:"就等着今天呢,我一大早就出去了。昨天我就知道,今早花

---

① 著名的"七姐妹女子学院"之首,美国最优秀的女子学院之一,希拉里·克林顿、冰心、宋美龄等皆毕业于韦尔斯利学院。

一定会开。现在整棵树都是金黄色的呢！"

春天来了！她从床上跳了起来。蜡梅花一开，意味着冬天要结束了。即便再下雪，春天的雪也不会流连太久。屋里仍然很冷，她把手伸在火盆上方暖着。她曾经跟父亲说过很多次美国的房子是怎样取暖的，屋里整个冬天都很暖和，就算外面大雪堆积如山也没有人觉得冷。而家里又大又老的砖瓦房子，简直就像冰窖一样，她整个冬天都冻坏了。

"哼！"父亲一边说，一边晃动着身上的丝质长袍，"那些美国房子，我宁死也不住！你多穿几件衣服就行了。茉莉。"当时她任性地说："我才不要像一卷被子那样走来走去呢！"但现在没关系了，春天要来了。

她迅速用铜壶里泡了香料的热水洗漱了一下，热气从裸露的肌肤上蒸腾走时，她微微打了个冷战。她换好衣服，喝了热茶。兰花把那些金黄色的蜡梅花枝插进了一个绿色的瓷瓶里，她一边喝茶，一边赏花。

她觉得，一定是那些花的原因，让她一整天

都不得安宁。她有些为自己难为情,内心深处的某些东西加速了她的一切举动,不管是走路、说话,还是别的什么。她甚至加速地赶往母亲那里。

"怎么样,茉莉,准备好了吗?"母亲说:"上的香、烧的银元宝、给庙里的贡礼、家禽贡品、我的水烟袋、手帕……兰花,外面起风了吗?风大的话,我得带上个小化妆箱,在拜神之前打扮一下,别太狼狈了。还是带着吧。还有茶点篮子,兰花,都装进轿子里了吗?带上些小点心,免得咱们路上饿了。带那种植物油做的,别选猪油的,不能冒犯了神灵,他们一下子就能闻出荤腥的味道。女儿你知道的,这样会惹怒他们的。我一直说,你的小弟弟刚出生就走了,正是因为我去祭拜之前吃了猪肉丸子,就是他出生前的那天,嘴里的味道让神闻到了……"

她的母亲是个矮小而俊俏的妇人,总是这样絮絮叨叨的,一边说话一边晃着裹过的小脚,旁边的人只能耐心聆听。她很爱自己的母亲,家里的人也都爱戴她。但她此刻有些反叛地想:"烦死了,真的受够陪她去庙里烧香、听她说这些毫无意义的东西了!"她扶母亲上了轿子,忽然开口说:"妈,我跟你说了多少次,拜这些老旧的神一点用处也没有!"

"闭嘴!"母亲大喊道:"别说了,你不知道上面有哪个神灵能听到我们说话呢!"母亲小小的圆脸上泛起一种悲悯的表情。

"妈!"她实事求是地说:"在美国……"

"他们也有自己的神灵的,对不对?"母亲问,"每个国家都有自己的神,在他们的风、水和土地里。"

"不管是哪里的神,我都不怕。"茉莉说着话,把母亲面前的布帘拉下来系好,那是为了防止周围的人看到她。常州城里有身份的妇人都不可能不加遮掩地上街,特别是夫家非富即贵的。但朱太太又把帘子推开了一条缝,对自己已经长大的女儿重申道:"你在美国的时候,可以不顾忌我们的神灵,但现在你回家了,就在他们的掌控之中了。"接着她又合上帘子,对轿夫说:"走吧。"于是轿夫们把木竿举上了肩头。

茉莉在封闭的轿子中直直地坐着。若是那些美国女同学们看见她现在的样子,会怎么说呢?去年六月毕业典礼的时候,她们热情地拥抱着她,她也尝试回应，即使她在家中并不习惯与其他人有肢体接触。她们还用青春洋溢的声音冲她喊："茉莉，要写信给我呀！""茉莉，如果我去环游世界，一定会在中国停一下去看你，我太想看看你家是什么样子啦！"

"嗯，到时候一定告诉我。"她这样回答："欢迎你们来看我。"

其实，她一点都不为自己家的房子难为情。就连学院的礼堂也没有像她家族的老宅子那样，经历过那么多个世纪的洗礼。当然，如果哪个同学真的来了，她就会直接告诉父亲，美国人理解不了随地吐痰这件事。如果她们不是冬天来，也就感受不到宅子里到底有多冷。古雅——她们会这么形容这座房子。屋顶的飞檐，铺着砖瓦的院子里小小的池塘和低矮的树木，对她们来说一定很新奇。她也不会把那些看不到的东西告诉她们，比如厨房里破旧的土炉灶、用人家四处乱跑的脏脸蛋孩子，还有苍蝇——她自己都不会到那里去。用人们会处理好所有的事。她爱自己的老宅，但它的一成不变让她心烦。它已经在这里矗立了三百多年，之后也会继续矗立下去。

有时候父亲会伤感地说:"现在什么东西都跟以前不一样了,一个男人不可能像自己的祖先那样建起一栋房子来。日本人早晚会来的。"

他这样说的时候,她总是刹那间有些恐惧,虽然在她的记忆中,父亲已经这样说过很多次了。孩童们在街上吵架的时候,会对彼此这样喊:"小黑矮子,小黑矮子们会来抓你的!"又或者:"老虎会下山来把你吃掉的!"日本人和老虎,俨然已成了孩子们的梦魇——日本人是她童年故事中面目可憎的侏儒和幽灵,老虎则是邪恶的巨兽。当她长到不再相信童话的岁数时,也就不再相信这些了。而且,美国的学院里还有一个和善的日本姑娘——她的名字叫千代,个子矮矮的,肤色黝黑,长得也不算好看,确实有点像侏儒。虽然她们算不上是朋友,但也不是敌人,班里的很多女孩都很喜欢千代。至于老虎,那不过是一个山贼团伙的老头目,人们口耳相传,并没有人见过。现在他们应该也不再出来抢劫了,因为政府出台了新法律,严禁山贼。

她心事重重地透过轿子上被帘布遮挡的玻璃小窗向外望着。要是父亲肯搬去上海住就好了,他们就可以租一栋洋房，用国外的家具，也有了供暖设施。上海跟美国一模一样。当她提出想去那里住时，父亲爆发出一阵大笑，随后又和蔼地补充，好像这样就足够弥补他不屑的态度似的："我可是一直住在这个地方的。"接着又安慰一般地说："别担心，孩子。你很快就会嫁人了，到时候可以让你男人带你到上海去。我已经太老了，也太胖了，挪不动了。我能在上海干什么呢？"他总是提她嫁人的事，她不想听，于是大喊着："但我在这里能做什么呢？"

父亲瞪大了眼睛。

"为什么非得做什么呢？"他笑着说。她张开嘴刚想反驳，他已经用手臂把肥胖的身躯撑起来，摇晃着走开了。

"父亲真不该把自己弄得这么胖。"她气冲冲地想。透过那片几寸见方的玻璃，她看到了熙熙攘攘的石板路的一角，上面有推着独轮车的苦力，驮着米袋子的毛驴，还有几个赌铜板玩的小孩在尘土中扭打着。常州城中一辆汽车也没有，甚至连黄包车都没有，因为路不够宽，而且河道上有太多座高高的拱桥。她现在不得不用力向后仰着，因为轿夫们正顺着石阶往一座桥上跑,某一个瞬间,那片小玻璃中只能看到光秃秃的天空。随后她又俯身向前,玻璃外只有湿漉漉的石板了。又过了片刻,她才坐正了,顺着街道一路晃悠着向前。

"父亲啊!"她苦涩地想,"他唯一在乎的事就是让我嫁人。那他干吗还送我去美国呢?"

有一次她这样问过父亲,他只是继续抽着手里的烟袋,摇了摇头。

"没什么特别的原因。"他说,"我只是觉得看看洋人们在做什么也挺有意思的,而且我也没有儿子可以送去。现在,"他忽然变得饶有兴致,"给我讲讲那些飞机吧!你说它们就像风筝似的能飞起来,只是……"

她花了好几个钟头给父亲讲述美国。"不,"此刻她想,"他并不觉得送我去留学有什么用处,就是找个乐子而已。我当上了西方高等学府的荣誉毕业生,是个摩登女性了,所以现在能给这个中国港口城市里的胖老头子找些乐子了。"

她感觉到自己被放了下来,轿子在地面上一顿,随后兰花把布帘掀了起来。

"我们到了,小姐。"兰花一边说,一边伸出自己的手准备扶她下车,但茉莉自己迅速地跳了出来。

"不用帮我。"她干脆地说。

母亲已经出了轿子,她想:"又要开始唠叨了。"

"兰花,怎么回事?"母亲叫道,"东西哪儿去了?哦哦,在这儿呢。我的手帕呢?哦对,我塞在自己袖子里了。啊,是方丈来了!"

方丈正急匆匆地走下石阶,一边微笑一边搓着饱满的大手,身上灰色的袈裟在风中飘动。她很讨厌这个人,但母亲永远看不出来他的眼神有多贪婪,嘴角有多刻薄,又软又胖的手有多令人反感。他们对彼此一次又一次地行着礼,这个方丈显然很开心见到一个愚蠢的阔太太。

"今天早上刚做完早课,我忽然看到蜡梅树开花了。"方丈满脸堆笑地说,"我知道这一定是有福气的一天,我的福气——贵客您,这不就到了吗?"

他把一行人引向庙里,她跟在母亲身后,一副不屑一顾的坚决样子,脚上的美国皮鞋踩在脏石阶上咔嗒作响。她身后是兰花和抬礼物的人,周围是渴望而好奇的面孔,头发蓬乱、目不转睛。这是一群为看热闹不断向前挤的穷人,她从来没有正眼看过这样的人,此刻也没有。她从小就被关在父亲家宅的高墙之中,从没跟穷人们说过话。她跟着母亲走进庙里的一座座大殿,香火的味道太刺鼻了,宛如一道道丝绸从天而降,落在她的头顶。她几乎无法呼吸。

"你去别处转转。"母亲对她说:"我想单独跟神求一件事。"茉莉已经习惯了在母亲念出一成不变的漫长祷词时,站在她身后等待,家人健康、祖田丰收、日本人永远不来、老虎绝不下山……母亲这么多年来祈求的无非是这些事。

"走吧。"母亲重复道。

她走到一边。她自己是不会拜神的,刚一回家她就表明了立场。

"我可以陪你去庙里,妈。但我绝不会在那些老旧的塑像面前下跪。"她宣布。那天,母亲正准备到庙里感谢菩萨保佑她顺利回家。

"唉,你这个混账丫头!"母亲大声哭叫着,又去跟父亲告状,哭道:"神灵会迁怒我们所有人的!"

"只要你别跟他们说就没事。"他开玩笑般地说:"我都好几年没去庙里了,他们也没发现啊。"他探身过来拍了拍她的肩膀,"而且,她是你的女儿啊,你这些年来这么虔诚,他们不会跟她计较的。"

"但愿如此。"她说。

之后茉莉问过父亲:"您真的也信那些古老的神灵吗?"

他摇了摇头,低声说:"可别告诉别人啊。"接着他晃悠到一排书架前,抽出一本小小的纸皮书:"很多年前我读过这个。"她诧异地发现,父亲手中的竟然是翻译成中文的达尔文的《物种起源》,她印象中的他,似乎只会读古典小说和诗词。他说:"你母亲不能没有神,你和我可以。"

刹那间他们达成了某种默契,但也仅仅是刹那间,在她又看到父亲大声咳嗽、随地吐痰、吃得太多而在餐桌上打盹、整天仰在沙发上昏睡着浪费光阴时,那种默契就消失了一次又一次。"他怎么能这样浪费自己的时间呢?"她想,有些难过,又有些气愤。后来,她告诉过他一些自己在美国的见闻,他会猛地惊醒一下,看似有一刹那明白了她的用意。

"在这座昏昏欲睡的老城里，什么也做不了。"她愤愤不平地想。寺院一侧的厢房中传来和尚们缓慢沉闷的诵经声，反复的吟诵声令她有些难以忍受。她走到敞开的庙门边站住，向外望着。外面的空地满是商贩们，卖蔬菜饼、香火、纸钱、贡品、熟食的，应有尽有，看上去拥挤肮脏而嘈杂。这一刻她忽然感受到一阵春天的风扑面而来，清新而甜美，来自城墙外的群山，虽然令人为之一振，却并不寒冷。深色屋瓦上方的大片天空是明艳的蓝色，浮着几朵小小的白云。"不能这样，我不能这样……"她激动地想，"我不能在这里待一辈子，变成像他们一样的人！"

就在这时，她听到兰花在自己背后咳嗽了一声，赶忙转过身来，发现兰花正笑着看她，样子有点蠢。

"怎么了？"茉莉直白地问道，"你笑什么？"

"您知道您母亲在祈求什么吗，小姐？"兰花顽皮地问道。

"不知道，"茉莉简短地说，"跟我没关系。"

"我觉得跟您很有关系，"兰花笑着说，"她是在给您求一个夫君呢！"

茉莉瞪着她——夫君？给自己？

"闭嘴！"她说，"闭嘴，你这个蠢丫头！"

"是，小姐。"兰花顺从地说。但她眼中是一副终于讲出了想讲的话的满足感。

她什么都没有问母亲。母亲来找她时，她依然站在庙门口。母亲的目光很平静，声音也精神多了。

"这天气真是适合来拜神呢，"母亲说着，"我觉得今天神专门俯下身来听我说话，我知道自己许的愿一定会实现的。我们回家吧。"

她在母亲的眼中看到了一丝熟悉的亮光，这意味着她在计划着什么。

"如果母亲觉得我会嫁给她选的什么人，"茉莉想，"那她就大错特错了。她可能会说，是神替我选的吧。"

她们又坐进了在等待的轿子中，她刻意不去看那个谄媚的方丈——他正不停地点头哈腰送她们离开。

她什么也不会问母亲，什么也不问。回家以后，她会直接去找父亲，直接这样宣布："父亲，我不打算嫁给任何人,谁也不行。除非……"那片方形玻璃外面的街道上只有移动的人形阴影。她一次又一次思考着该怎么对父亲说,她感觉一行人一下子就到了家。

"我父亲在哪儿?"她问前来门口迎接的男仆。

"老爷在书房睡觉呢。"那人回答。于是她飞快地穿过了院子。

但当她走进书房时,父亲并没有在睡觉,反而很清醒。她能听到他厚重的嗓音正在跟人说着什么,她还是想都没想就推开了门。里面坐着三个老头,每个人身前都摆着茶碗,她都认识,是城里几位有身份的长辈。但他们并没有在喝茶,而是探身聚在一起正低声商量着什么事。当她闯进来时,几个人都看着她,随后父亲站了起来。

"茉莉,我正想叫你来呢。"他说,"你母亲呢?你们俩得立刻动身到上海去,越快越好。"

"为、为什么?"她有些结巴。但父亲推着她的肩膀,把她送出了门。

"老虎来了!"他低语道,"老虎就要攻到城里来了!"

他用充满恐惧的目光盯着她,喘着粗气说:

"好像我们遭的难还不够似的！日本人就要从海上打过来了，这还不够？还得从里面防着老虎！"

随后，他嘭的一声关上门。

她在门外站了一会儿，感觉自己就像个孩子那样被赶了出来。那只"老虎"！竟然连父亲都这么害怕，真是太可笑了，她听这个名字已经听了一辈子，城中的人似乎都对他闻风丧胆。据说他住在东边的群山中，是两万山贼的首领。她知道，百姓每年都要按时向他缴费，才能确保自己不遭殃。她听父亲说到过"老虎保护费"，这笔钱每个人都乐意交，只要能换来平静的生活。那些穷得交不起钱的村镇上，都流传着这样的故事：大批愤怒的山贼闯进村里，侵门踏户无恶不作，他们离开后，村民们会在村口贴上这样的告示牌："请高抬贵手，本村已被抢过，什么都不剩了。"这是写给其他的强盗帮派看的，比如蓝狼帮，虽然蓝狼帮占据的是山的另一侧，但没有人像惧怕老虎那样惧怕蓝狼。人们都盼着老虎早点死，但他的儿子小老虎长大之后，这个希望破灭了，因为他比自己的父亲年轻时还要强壮，还要聪明。每个人都这样说，但没人真的见过他们。

她站在那儿，回想着所有从兰花和其他用人那儿听到的话。她忽然无比怀念美国，带着某种嫉妒和向往，接着她又生气了，想："这也太不可理喻了！都这个年代了，我们竟然还要遭受这些恶霸的剥削！这肯定是我那些大学同学想都不敢想的吧！"有一次，同班的玛丽·莱恩读报纸时，问过她一个类似的问题，当时她还笑了，说："军阀？哦，不可能！我们中国早就没有什么军阀了！"——在美国的时候，她甚至从未想到过老虎。

她一跺脚，又推开了书房的门，几个老人都转头盯着他看，她父亲正在一张纸上写着什么，她很清楚——他是在清点家里还能凑出多少钱，可以拿去贿赂老虎，放他们一马。

"这里有四万七千。"他说话的时候都没有抬头，"我自己再添上三千，凑足五万。给他五万大洋，他肯放我们一条生路吗？"

"父亲，"她大声说："您为什么要给一个强盗钱呢？"

他震惊地抬头望向她。

"哎呀！我们一直在给老虎交保护费啊！"他

故作轻松地说,"老老虎还不算太难,但这个小的主意多,更不好应付!"

"而你还要助力他作威作福!"

年迈的父亲怜爱地看着她。她知道,他们一定是在想,一个丫头,一个女人家,能懂得什么。

父亲站起身来,说:"我跟你说了,去找你母亲。我想让你们躲得远远的。你不是一直想去上海吗?那就快去吧,到那儿看看你的表姐妹,跟她们去跳跳舞什么的,好好玩玩。"

"那要把您一个人留在这里?"她问。

"我又不是个小姑娘。"父亲意有所指地说,接着又一次推着她的肩膀把她送出了门,"快走吧。"

他还大声嘟囔了一句:"你看不出来,这样你让我在叔父们面前很没面子吗?至少装着听话一点吧!"

她走回自己的房间,坐了下来,怒火中烧。她身处的到底是一个什么样的国家啊?早上庙里那些神像,那些愚蠢破旧的镀金五彩泥塑,那些狰狞的脸庞只能唬住愚昧的人们。加上那方丈摊开的胖手,代步只能选择的轿子,现在还有一个即将攻进城里的山贼!

"我不属于这里。"她对自己呐喊着:"这是个丑陋的国度,活该像其他老旧国家那样被活埋!"

接着她又想:"要是玛丽·莱恩真的来看我了怎么办?现在中国来了很多洋人,希望我的同学们不会来。"随后她又想起母亲跪在那些愚蠢的神像跟前的情景,连自己的母亲都是这样,而父亲正打算买通山贼。"山贼,不就是强盗吗?他们就该被关进大牢里!"她愤怒地说出了声,又苦涩地想,城里或许都没有一座像样的监狱。"而我,我可是韦尔斯利学院的毕业生啊!在这些街道上,甚至坐不上一辆汽车!"她捏紧了拳头,坚定地说,"我受不了了!我忍不下去了!"她问自己,如果是玛丽·莱恩,她会怎么做?大学里其他的女孩会怎么做?活在这个时代的任何一个女性会怎么做?

她坐在那儿继续琢磨着,脑海中思绪飞速运转,她几乎忘记了蜡梅花散发出的浓郁香气。门突然开了,兰花冲了进来:

"我们得赶快去上海,小姐!"她大叫着,"我们都得马上动身去上海!老虎要下山了,太太让我来收拾您的衣服!"

茉莉淡淡地看着她，轻声说："好的兰花。"她说话的样子十分平静，平静得兰花忍不住又叫了出来："小姐，您是已经知道了吗？难道您不怕老虎吗？"

茉莉伸出手指，碰了碰一朵待放的蜡梅花苞，嘟囔着："我一直想去上海来着。而且，我谁都不怕。"

"哇，那您可真是唯一一个不害怕他的人呢！"兰花大喘了一口气，说道。

"现在，"前往海岸的蒸汽客船，在清晨喷出最后一声微弱颤抖的汽笛声时，她这样想，"就是现在！"码头上那群忙碌的苦力正越走越远，她的父亲已经离开了，走之前冲她们喊着："再见！再见……"她们都鞠了躬，行了礼，他转身走了，坐进了自己的轿子。母亲说："我打算直接去睡了，茉莉。我得休息一下，身体有点不舒服。"

"好的，妈。"她回答。

随后正如自己计划的那样，她对兰花说："你跟太太一起去吧。"

"兰花，把我的小包带来。"母亲回头叫道。

兰花拿起那个小小的猪皮包,里面是洗漱用品。她们所有的行李都装上了船,她连这个也计划好了,特地把兰花装随身衣物的包袱放在最上面,都是些蓝色的粗布衣服,绑在一个大花头巾里,那最后的一刻到来时,她可以抓起来就跑。那一刻就是现在,最后几个乘客正在下船,两个水手正等着撤掉最后那块连接甲板和码头的木踏板。船发出吱吱的声音,又从岸边挪开了几寸。

"快点、快点!"水手们大喊道。

她一弯腰抓起那个包裹,就随着那几个人走下了甲板,走上了街道。就算兰花在身边,或许都想不到自己会这么做。她很庆幸,今天早晨选择穿的衣服很朴素,是深蓝色的。她融入了街上的人流,随着他们往前走,又转了个弯。她安全了,没有人会发现她了。她在一个租轿子的摊位前停了下来。

"租一天多少钱?"她问。

"一块银圆,您再随便赏点茶钱就行了。"一个身形壮实的伙计说。

"好吧。"她说,"给我选几个强壮的轿夫,因为我们得上山。"

"去庙里吗,小姐?"壮实伙计问。

"不是,"她平静地回答,"去老虎在的那座山。"

她竟然就这么说了出来!几个男人面面相觑,结结巴巴地说:"老虎……在的那座山……不行……不行不行……没人能……我们去不了……"

"怎么了?"她问。

"没人能抬轿子上那座山,小姐。"壮实伙计严肃地说,"去了那儿就回不来了,再也见不到家里的妻儿老小了。"

"你们会回来的,我保证。"她说。

他们都盯着她看,最后壮实伙计压低声音问道:"您是什么人啊,小姐?"——在街上,人们根本不敢随随便便地谈论老虎。

"你们带我去就行了,不用问那么多。"她冷冷地说,"老虎……"随后又停住了。

"那我们只能把您送到山脚下。"壮实伙计恳求着,"那里就有马了,小姐,它们才能爬狭窄的山路。您要是认识老虎,一定知道的。"

"那就去山脚下吧。"她说。马!她曾经在美国骑过马的。有一次学校放假的时候,她和玛丽·莱恩租了两匹马,在新英格兰的乡间道路上驰骋。

也是玛丽教会她骑马的。

她坐进了轿子,拉下布帘。

"走!"她下令。

先是一阵沉默,随后她感觉到自己被抬到了空中,开始了漫长而熟悉的晃动。她等待了约莫一个小时,才开始在帘子后面换衣服,尽量不弄出太大动静。她套上了兰花宽大的粗布衣裤,脚上穿的是今早换上的自己最结实的美国皮鞋。

"小姐,您坐稳一点,"一个轿夫喊着,"您一动,轿杆就会碾我们的肩膀。"

"我就是想加些衣服,"她回应着喊道,"感觉越来越冷了呢!"

她说得没错。转眼他们已经来到了山脚下,她刚把自己的衣服塞进兰花的包袱中,就觉得轿子被放了下来。她走出来,发现周围是完全陌生的乡野,陡峭的低丘像波浪一样在大山的底部升起,她自己正站在山脚下一片黄色的方形打谷场上,打谷场边缘有一座泥土搭建的小房子,它背靠着山,旁边养着的五六匹马系在一棵柳树上。一个闷闷不乐的老汉走了出来。

"租一匹马多少钱?"她马上问道。她能感觉得到自己内心深处的一丝恐惧。她从来没有见过这样的人，此刻他们越来越多地聚在了小房子门口——从前她只在阳光明媚的高墙大院里生活过。

"她是老虎的朋友。"小个子轿夫一边低声说，一边用大拇指指了指高处的山顶。

"那您怎么不说呢，小姐？"一脸严肃的老汉问，"那您也不能一个人上去。路太窄了，还有野兽。我跟您一块儿上去吧。"

"好吧。"她回答。她已经把要付给轿夫们的钱攥在了手里，藏在帘子后面的时候，她就已经把钱数好，从钱袋里拿了出来，这样他们就不会看到父亲给她的那一大摞钞票了。当时他说："在上海买些新裙子吧，再去听听戏，好好玩一玩。"但他们都没仔细看那些钱，抓在手里就抬起空轿子离开了。

"再见，小姐！"他们喊着，庆幸终于能离开了。她站了一会儿，看着他们敏捷地由原路跑了回去。她的心又开始在胸中狂跳起来，或许自己真的是个傻瓜。

"小姐，上山之前，您需要吃点东西吗？"一个声音问道。她转过身，发现是一个消瘦而黝黑的妇人在盯着她。她双手端着一碗热乎乎的稀粥,是那种棕色的糙米,也没有什么调料,但闻起来很香,她确实饿了。

"谢谢您。"她说。喝完粥以后,她把空碗放在地上,又往里面放了一个铜板。严肃的老汉解开了两匹精壮的马牵了过来,它们背上的马鞍是军用的,很高,还缀着鲜艳的丝绸流苏。她坐上去以后,发现座位其实很舒服。老汉一步就跨上了马,转过头看着她。

"我准备好了。"她说。此刻她母亲和兰花一定慌极了,因为到处都找不到她,但她们什么办法都没有。船会驶向大海,完全没有回头路。那艘老古董上也没有无线电,她们到达上海之前,也不可能联系到父亲,这是整整两天的时间,而两天以后,她就又可以回家去了,除非……

老汉忽然问道:"您多久没来这儿了,小姐?"

"很久了。"她说。

"我说怎么没见过您呢,"他说,"我只在这儿待了一年,我之前那个老头去年春天死了。"

她没有回答。

"您会觉得寨子跟以前不一样了。"他继续说,

"至少现在,关于小老虎,每个人的说法都不一样。不知道,您认识的是年轻的,还是老的?"

"都认识。"她回答。

"哦,"他好奇地问,"是亲戚?"

"对。"她说,感觉自己说谎说得很高明。"但我确实已经知道他们一辈子了呀。"她这样想,为自己的不诚实找着借口。

他们穿过了一座狭窄的桥,其实也就是一块从山上就地凿下来的粗粝石板,搭在了湍流的绿色山涧上,她大气也不敢出。老汉正说着些什么,但他的声音被水的轰鸣声盖住了。她过了桥重新走上山路之后,又听到他洪亮的嗓音:

"……但也算不错了。小老虎对待那些公正待他的人,通常也很公正。"

"公正……"她有些轻蔑地想。她仿佛看到了自己的父亲和那几个城中望族长辈,正痛苦地清点着"老虎保护费"。但她没有回答,只是在心里迅速地盘算着,她打算直接对他说:"我来见你是因为……"

"寨门到了。"老汉喊道,从马背上跳了下来,敲了敲建在高大的石墙中布满金属门钉的大门。

一扇小小的侧门打开了，一个头发蓬乱的脑袋探了出来。

"谁啊？"

"老虎的亲戚。"老汉说。

"亲戚？"蓬头垢面的男人喊，"没人跟我说过……"

"我大老远过来的。"茉莉说。她从马背上滑了下来，往向导老汉的手里放了一块钱，说："谢谢您。我会告诉表哥您照顾了我一路的。"两个男人反应过来之前，她就自己挤进了那扇小门。

"告诉表哥我来了。"她说。靠着墙有一张板凳，她坐了下来。

"可是，您表哥到底是哪位啊？"蓬头垢面的男人无比诧异地问道。

"当然是老虎啊，怎么了？"她一边说一边盯着男人，即使心在狂跳，也尽量不让自己的目光躲闪。

男人也盯着她看，最后说："没人跟我说过您要来啊！"

"没人知道。"她回答，"反正我来了。"

他又看了看她，挠了挠头，跟跟跄跄地走开

了，只剩下她自己。天上没有云，下午的阳光洒在铺着石板的大院子里，其中一边是刚才的男人走进去的内院门。院里没有其他任何人的踪迹，她等了很长时间，那男人都没有回来。反正到现在为止，一切都在按照她的计划进行。此刻她一个人身处山头，老虎的领地，连马都走了，这一切太疯狂了。她摸了摸自己的胸口——是的，还在，那只小小的钢手枪，是父亲很久以前从一个被困在当地急需用钱的美国人手里买的。她在出发前一天的晚上偷偷溜进书房，从父亲书桌的抽屉里把它偷了出来。那真的只是昨晚吗？这一切都像一场梦一样，除了此时此刻——她独自坐在老老虎所在堡垒的庭院里，堡垒在他生前就已筑好。"都是老百姓的血汗钱。"她这样想，希望自己能开始生气，却只感觉到害怕。忽然间，内院的门开了，男人回来了。

"老虎说，他根本没有什么表妹。"男人停下来笑了笑，又说，"但他问了，你长得好看吗？"她抬头看着他。男人继续说："我说，也就普普通通吧。他让我带你进去。"

她又用手摸了摸胸口的枪管，跟在了他身后。

"我得记住，"她在心中默念，"现在是1937年，我是韦尔斯利学院的毕业生，还有……"

她穿过了一进进庭院，现在这地方看上去已经不算特别奇怪了，里面有女人和孩子盯着她看，衣着简陋，也有几个男人，但看上去都是普通人。她很庆幸自己身上穿的是兰花的粗布衣衫。最后她跟着男人走进了一间大厅，里面空荡荡的，他们穿厅而过，接着他打开了最里面的一扇门。

"她来了。"男人大声说，她走进屋里。

里面坐着一个身形高大的男人，正在用一台打字机打着什么。他抬起头来，她看到一张年轻俊朗的脸。

"坐吧。"他说，又对带她来的男人说："你可以走了。"

她坐了下来，把手中的包袱放在身边。门关上以后，年轻的男人继续坐在那儿盯着她看。

"说吧，为什么假装是我的表妹。我根本没有表妹。"他说。

这就是人们口中的老虎，她一进来就知道了。但此刻她的心跳已经平缓了下来。她抿了抿有些发干的嘴唇，笑了笑，原来就这么简单啊。

"我没想到这里会有台打字机。"她说。

"好像坏了,"他皱着眉头说,"我试着修了好多次,都打算放弃把它扔下山崖算了,真气人。但这东西太难搞到了,所以我打算再试一次。"

"我以前读大学的时候,用打字机打过论文。"她说,"我来看看吧。"

她站起身走到他身边,他一直没有说话。他身上穿着一件简单的深色羊毛毡制服,键盘上的手指看上去有些粗大,但形状很好看。

"让我看看,"她说,"你能不能让一让……"

他猛地弹起身来,她坐在了他刚才的位子上,研究着那台机器。从她眼角的余光能看到,他脚上穿的也是外国皮鞋。

"是这个问题,"她说,"这根带子得从这边绕过去……"她迅速地调整了一下,又飞快地打出了一句英语:"Now is the time for all good men to come to the aid of the party.(现在是大家一起去狂欢的时候了。)"

"你懂英语?"他无比惊讶地问。

"我是在美国读的大学,"她回答,"在那里我一直都得用打字机。"她抬起头,刚好跟他四目相对，他正饶有兴致地注视着她。

"我有一本英文的书，正打算读一读。"他叫道，"但有的地方我看不懂，你能不能……"

"当然可以。"她笑着说。

他打开一个抽屉，取出一本书。

"给我讲讲吧。"他命令道。是卡尔·马克思的著作。

"还老虎呢！"她在心中暗笑，"这些人到底有什么可怕的？"

"我认识里面的不少英文单词，"他有些难过地说，"但我还是不太明白他的意思。"

"解释这些需要很长时间，"她说，"但我恐怕待不了太久的。"

"你到底是什么人啊？"他问道，"来干什么的？"

"我来见你啊。"她说。

"你不怕吗？"他问。

她本来想说一点都不怕的，但他的脸看上去善良而真诚，他就站在她身边，注视着她，目光中是正直与安定。于是她说："是有一点怕。"她又用手摸了摸胸口，本来想直接把枪掏出来对他说，所以我带着这个呢，但还是没这么做。无论如何，他终究还是那只可怕的老老虎的儿子。她只是说："但我来是有件特别的事要办。"

"什么事？"他问，"你不用再怕了。"

"我饿了。"她说。此刻她不太确定该怎么说出自己想说的话，只是说："我下船之后什么都没吃过，除了一碗粥。"

"船？"他重复道，"你到底是谁？快告诉我。"

"我是谁不重要，"她回答，"就是海边城里百姓家的女儿。"

"我从来没见过像你这样的人，"他缓慢地说，"你穿着使唤丫头的粗布衣服，但你肯定不是个丫头。不行，除非告诉我你是谁，不然你就哪儿都别想去。"

她想站起来，但他专横地伸手挡住了她，说："这儿每个人都得听我的。"

她有些恐惧地意识到，他正有力地隔着衣服按住了她。她躲开了，毕竟这是个陌生的男人，她还是得把枪藏好，但她已经不害怕他了。"他只是个普通男人。"她想。

"我想洗漱一下，"她说，"而且我饿了。"

"那你保证,一个钟头之内就回来?"他要求道。

她点了点头。

"那我怎么才能确定,你会说话算数?"他问。

"我还没办好自己到这儿来想办的事呢。"她回答,"事情没办好之前,我是不会走的。"

他笑了。"还挺机灵。"他说着,拍了拍手。一个年老的男用人出现在门口。

"您有何吩咐?"那人探头问道。

"让你媳妇来这儿一趟。"老虎下令。过了一会儿,一个头发花白的老妇人走了进来。

"带这位小姐去我妈之前睡的房间。"他对妇人说,接着又对茉莉说道:"我母亲去年去世了,我父亲搬去了另一个院子住。你在那边会很安全,也很安静。她是个好女人,她的灵魂仍然在那里,会保护你。我就在这儿,等你回来。"

他又在打字机前坐了下来,她抓起自己的包袱,跟着老妇人走了出去。她并没有感觉到一丝不安,自己都很吃惊。老妇人推开一扇门,走进了一间很大的屋子,里面还连着另外一间。

"就是这儿,"老妇人说,"就是这间房。都是干净的,我每天都进来打扫。等我去拿些热水和吃的来。"

妇人离开时关上了门,茉莉一个人站在这座宽敞的老式四方房子里,四周的墙壁都是用灰泥简单糊成的,但家具都很考究别致,床上的布帘是柔软的蓝色丝缎,被金色的挂钩别住。这是一位女士的卧室,靠墙的架子上有不少书,她走过去看,发现都是些古老的书籍——古典诗词、四书五经、古代史……一个住在这地方的女人竟然如此博学多才,让她很惊诧,连她自己的母亲都看不太懂这些书的。"她是个什么样的女人呢?"她思考着,"她的儿子,又是个什么样的男人呢?"

忽然间,她恨不得立刻回到他身边去。她想多了解他,认识他。她开始慢慢解开身上粗布上衣的扣子。"我还是穿自己的衣服吧,"她迅速地想着。她希望他能看到自己本来的样子——"我得做自己。"她这样想。

"……你现在明白了吧,"他急切地说,"这就是为什么我手里不能没有钱。"

已经是上山第二天接近中午的时候了,但她已经忘记自己在这里待了多久。他们前一晚彻夜长谈,直到他提出来:"你得回自己的房间睡觉了,不然这些粗人们会乱说话的。我已经告诉了那个老妈妈,让她在你旁边的房间睡,你需要什么就找她好了。她原来是我母亲的贴身丫头,我母亲为了让她过得好些,把她嫁给了一个山谷里的农民。但她在那儿过得并不开心,就回来了,带着她丈夫一起,她丈夫也成了伺候我父亲的男佣。"

她直到凌晨时分才睡着,因为那个老妇人开始跟她聊天,给她讲了好多过去的事。

"您要是能看看这里过去的日子就好了。"她这样说着,坐在床边的踏板上,把丝绸被子盖在茉莉肩头,"那可是最伟大的岁月。每一天,老爷的人都会去海边的城里,带回来各种各样的东西,只要能搬得动——丝绸、珠宝、衣服、家具……什么都有,都是最精致的,我们想要什么就有什么。那个时候,所有的人都对'老虎'闻风丧胆,我们就像皇帝和国王一样生活着。"

"现在不也是一样吗?"茉莉平静地问。当天晚上,这是她第一次想起自己的父亲和城中那些身份显赫的老人们聚在一起凑"老虎保护费"。老妇人摇了摇头。

"少爷是个读书人。"她轻声说,"这样的人当不了头领。他不是个舞刀弄枪、打打杀杀的人。"老妇人向前探了探身,用更轻的声音说:"都是夫人的错。是她教会他读书的。老爷根本不认识字。"

"老夫人是个什么样的人?"她也用同样低的声音问道。

"我们也不清楚。"老妇人回答,"她是从城里来的小姐,被老爷一下子看上了。那时候她还很年轻,他就把她强掳到了这里。她并不愿意,一直哭,直到她的儿子出生了,即使老爷一直对她很好,什么都给了她,我都数不清老爷抢了多少地方,才给她攒了那么多宝贝。他曾经吩咐手下们,让他们找最珍贵的玉石和珍珠给她做发饰,也带书来给她读。您看到那些书了吧,那还不是全部,仓库里还有很多。但她还是一直哭,直到生了孩子。那之后她情绪稳定了很多,但从来没出过这扇门,也从来不主动要什么东西。如果我跟她讲老爷又去哪里抢来了什么贵重的东西,她会用双手把耳朵捂起来。所以后来我什么都不说了。但您能看出来吧,少爷完全随了她的样子,一点都不像老爷。"她叹了口气,又说:"也不知道为什么会这样……"她开始把手肘支撑在床上继续说,茉莉认真地听,仿佛亲眼看到了那些过去的日子,听到了从前做梦都不会想到的事,比如,雷鸣般的令人振奋的清晨,战斗之前隆重的早餐,上百人冲下山坡、点亮的火把顺着山路直通谷底、集结、进攻、冲入城门、欢笑、醉倒、满载而归……

"少爷以前也总跟他们一起去吗?"她打断了老妇人,问道。

"他只去过一次。"老妇人说,"只有那么一次。夫人哭得太厉害了,老爷就再也不敢让他去了。"

"那他现在还会去吗?"

"更不会了。"老妇人有些轻蔑地说,"最近这十年,再也没有真正的战役了。老爷有肝病,靠抽鸦片缓解疼痛,几乎一直都睡着。我们现在完全靠从老百姓手里收的保护费维持生计,简直都不像山贼了,跟地方官员一样,从富人那里收钱接济穷人。"

她躺在那儿,盯着老妇人看。这里也同样是

她的国家。美国远在天边,她真的曾经去过那里吗?或许一切都是一场梦。她过去的生活现在仿佛都化作梦一般了,只有此刻是真实的。她在老妇人说话的声音中睡去了,梦中,她成了被囚禁在这座房子里的囚徒,虽然身上并没有枷锁。她可以走出门去,门也是敞开的,但她一往出走,就无法动弹。她带着一身冷汗惊醒了,外面已有了天光,身下的床就像她自己家中的一样,温暖而柔软。但洒进窗户的山中阳光比她从前见过的任何时候都要耀眼。门开了,老妇人端进来一铜盆热水和一壶茶。

"少爷问,您要不要跟他一起吃早餐。"老妇人开口说。

她从床上蹦了起来。她很安全,只是做了个噩梦。

他们聊了一切。他们从一开始就有说不完的话,那种感觉就像一起越过山巅,未来的某一天,他们或许会回来,仔细探索每一处山谷。但此刻他们太想了解彼此的每一件事了,所以问了各种各样的问题,迅速地吞下每一个答案,注视着对方。

"我从来没见过你这样的女孩。"他说。

他们吃完早饭，在阳光灿烂的院子里继续聊着天。

"告诉我你的英语为什么这么好，就跟母语一样。也告诉我……"

她也问他："你为什么是这个样子？你的母亲是什么样的人？你为什么留在这里？你知不知道……"

他们告诉了彼此一切，又一起吃了午餐。直到太阳落下，山中的空气凉了下来，他们吃过晚餐，又一起回到书房坐下继续聊着。她告诉了他自己有多厌烦寺庙，多厌恶现在沉闷的生活，多想做些什么，却又不知道具体该怎么做，以及，她不想玛丽·莱恩来看她，因为有很多东西她都羞于让她看到，甚至包括她的母亲，还有她终日无所事事只知道吃和睡的父亲。

"我也一直想做些什么！"他说，"我早就厌倦了这座老寨子，我父亲也总是半睡半醒地躺着，他太老了。"

夜越来越深，他们分开了。后面的一天又如出一辙地度过。她已经忘记了自己正身处老虎的山寨中,而他正是老虎本人。

第二天夜里,她忽然无比震惊地想到:"我该回家去了!"——已经两天了,母亲应该就要拍电报给父亲了,她明天早上必须走。

但离开很困难。他拉着她的手,求她不要离开。他一开始对她有些颐指气使,就像他对其他所有人那样,但他现在已经完全不是那个样子了。他的眼神真挚而温柔,她在他的脸上只看到善意,没有一丝傲慢。

"不要走。"他恳求她,"我们还有好多事情没谈到,我还没带你在山里好好转转呢。"

"我得走了,必须走。"她说,"父亲找不到我,会掀翻整座常州城的。"

他们注视着彼此,心中满是痛楚和不舍。他们已经来到寨门前,他安排了自己的坐骑让她骑下山,也派了一个人陪她到山脚,那里有一座轿子候着。她站在门口,也并不忍心离开。梦中的那种感觉再次侵占了她——她明明可以走,却不知为何离不开。

"那什么时候、怎么样……我们才能再见呢?"他柔声问。

准备带她下山的男人在帽檐下偷偷瞄着他们俩，悄悄笑着。她推开了他的手。

"你可以……"她提议道，"你可以去攻城啊！"

她没说完就笑出了声，但他没有笑，只是站在那儿热切地看着她。她跨上马背以后回头看，他仍然那样看着她。

下山的时候，横跨山谷的时候，她一直在回想这令人不可置信的几天。两天以前的清晨，她刚刚从船上逃下来，离开了母亲和兰花。但这两天之内，整个世界都变了。她从来没有见过像他这样的男人。她在上海也有几个表兄弟，但跟他伟岸的形象相比，他们不过是几个文弱书生，说的话也不过是在耍聪明——"没有人比得上他。"她这样想，即使他是个山贼的儿子，她也永远无法忘记他。

阳光洒在壮美的山谷中，照射着散布其中的村庄、闪光的运河和苍翠肥沃的田地。人生中第一次，她身处周围的美景中，感受到一种归属感。这都是属于老虎的领地，人们已经给他交了很多年保护费，包括她的父亲——"我们都属于他，他就像一个王者统治着我们。"她有些羞愧地这样想。

直到到达自家的院门前,她才忽然发现,自己已经彻底忘记了那把小小的手枪。它仍然躺在自己在山顶睡过两晚的那间屋子中的桌子抽屉里。随后她笑了起来,她好像也忘记了另外一件事——她到最后也没有说,自己为什么上山去找他。

她自家宅子的前院里,年老的守门人正用手使劲揉着眼睛。

"您不是小姐吧!"老头大叫道。

"我当然是。"她沉着地说。

"您不是上船了吗?现在应该正在海上啊!"他又叫道。

"我回来了。"她回答,"我父亲呢?"

"他状况不太好。"老头说,"正在书房里啃手指呢。我们给他送过饭,但他不肯吃。没人知道他是怎么了。"

哦,原来他已经知道她不见了。

"我去找他。"她说。

她快速穿过内院,轻轻推开了书房的门。父亲正坐在桌边,数着好几摞厚厚的银圆。他的胖脸看上去憔悴苍白，挂着深深的褶子。

"父亲？"她轻声说，试着不吓到他。但他还是被吓了一跳，抬起头来，面孔仿佛被刺眼的阳光晃到了。

"茉莉！"他大声喊道，"你回来了！你母亲呢？"

原来，他并不知道自己消失过。一定是出了其他什么大事。

"在船上。"她回答。她走了进去，关上了书房门，又靠着门板站住，说："我没有跟她们走。"

"那你去哪儿了？"他问。

就是在那一刻，她才第一次意识到，自己完成了一件多么令人难以置信的壮举。他肯定不会相信她的。她就是在那一刻，才意识到，自己就那么独自跑去了一个陌生年轻男人的家，光这一点就几乎无法解释了。如果她说，自己去了老虎山上的寨子，那听上去简直太疯狂了。于是，她只是摇了摇头。

"你到底去哪儿了？"他重复问。

"我不能告诉您，父亲。"她只得这样说。

他阴郁地看着她，缓缓地说："难道我的麻烦还不够吗，还不够吗？日本人要来了，你母亲走之前让我筹备你的婚事，你这样我怎么给你找个好人家？她说让我给你安排好，要是打起仗来，女孩子还是早些嫁人的好，有个依靠。她说得轻松，可我现在哪还出得起嫁妆，手里的钱都得交给那个强盗了！而且你这个样子，就算有嫁妆，谁敢娶？什么样的人敢娶这样的媳妇？这两个晚上，你都去哪儿了？！"最后他冲她咆哮起来，用力拍着桌子，叠在一起的银圆晃动起来，最后都倒了，在阳光下闪着光。但是不行，她还是不能告诉他，到底发生了什么。

"您不用帮我挑夫家了。"她说。

"别傻了。"他暴躁地说，"这是我当父亲的责任。而且，如果我不找，你怎么可能嫁得出去？"

"我会结婚的。"她喘着粗气说。

"你指的不会是那些自由恋爱的婚姻吧！"他哼了一声，"不可能，你想都别想！我会好好给你挑一个夫君，就像我父母帮我做的那样。"

她走到桌边，直视父亲愤怒的脸。

"我自己已经挑好了。"她低声说，心中就在那一刻做好了选择。在父亲反应过来之前，她已经转身跑了出去，跑出了书房，跑出了院子。

"轿子哪儿去了?"她冲老守门人喊。

"往那边去了。"老人用下巴指了指往山脚下去的路,是与去海边相反的方向。"我从来没见过这么没教养的伙计。根本没说自己是从哪个村寨来的……"

但她根本没听见他后面的话,只顾着急匆匆地顺着那条街追了过去。城门边有一间小茶馆,轿夫们回山上之前,或许会在那里吃饭喝茶。

他们果然在那儿。她看到每个轿夫都正端着一碗面在吃,他们也都看着她。她完全没有不好意思,直接走了过去。

"我准备好回去了。"她低声说。

轿夫们立刻站起身跟她走了出去,一点都不吃惊的样子,看上去仿佛本来就在等她一样。片刻之后,他们又把她晃晃悠悠地抬在了肩头,朝山中走去。

"我就要加入山贼团伙了。"她有些茫然地想。

不,她不是。她只是要回到他身边。

她要回到他身边去。到达寨门时,天已经完全黑了。门是开着的,似乎在等待她。插在地上的竹竿顶端是点燃的火把,院里灯火通明,空气中飘着烤肉的香气。她确实饿了,又累又饿。走进寨门以后,她没有跟任何人说话,直接走到她知道他一定在的地方。他听到了她的脚步声,打开门迎她进去。

"你来了。"他说,"我吩咐了他们,必须带你回来。"

"你吩咐了?"她有些颤抖。

"我让他们等到天黑。"他说,"如果你不自愿来,就给我抢回来。"

"绑架?"她低声说,"你打算绑架我?"

"你看!"他把她拉到窗前,对她说。山下是夜色中的常州城,但某一处聚集了很多小小的光点,正往山上移动。

"都是我的人。"他说,"如果你天黑的时候还不来,我会在山顶点烽火,他们就会闯进你家把你带回来。"

"为了你,我竟然把我自己绑架了!"她叫道,被自己的举动惊呆了。

他微笑着俯视着她,没有说话。

"我现在很庆幸,自己是自愿回来的。"她又缓缓地说。

"无论怎么样，你最后都会来。"他回答，"我在你走之前就已经计划好了。"

第二天她发现，他确实已经计划好了一切。她在自己的房间睡得很沉，似乎永远都不会醒来了。但老妇人一大早就把她摇醒了。

"您的夫君叫您。"她说，"您夫君……"

夫君？这些人也太自以为是了吧！但这个词让她睡意全无，她顺从地起了身，洗漱过后穿好了衣服。

"请您去大厅等吧。"老妇人说。于是她去了大厅，里面有些冷，因为太阳升起来得还不够久。厅很大，地上铺着石板。一个用人端来了食物，她狼吞虎咽地吃完了，接着他走了进来，穿着很正式的蓝色锦缎长袍，显得十分英俊。她还没见过他穿这样的衣服，有那么一刻她甚至有些害怕——她在做什么啊，朱茉莉，一个美国韦尔斯利学院的毕业生，跟一个强盗家的儿子，一个老派的人……

"今天是我们正式订婚的日子……"他有些僵硬地说。

"我……我不觉得自己想嫁给你!"她发狂一般地大声喊,"我想回家!"

他看着她,坚定地说:"你回不了了。在这里我说了算。"他的嗓音伴随着关门和上锁的声音。如果她现在逃跑,外面不会有马和轿子了。她是真的被绑架了!

"昨天你是自愿来的。"他说,"但我知道女人是什么样的。今天我打算留下你,不管你愿不愿意。"他拍了拍手,年老的男佣走了进来。他下令:"去告诉我父亲,我们马上去拜见他,中午准备好订婚宴。"他又朝茉莉鞠了一躬:"我们今天订婚,明天结婚。"

"不要。"她嘟囔着,"不行……太快了……我还没想好呢。"

她脑海中忽然浮现出自己的家——父亲、母亲、那些她玩耍和生活过的院子;然后是大学、学院里的美国女同学们、玛丽·莱恩——玛丽永远也不可能相信这些,这样的事只可能在中国发生。"我不要!我不要……"她大声喊。

"你听清楚了吧。"他对男佣说。男佣鞠了一躬走开了。

"跟我来。"他用一模一样的语气命令着她,她服从了,因为不知道除此以外还能怎样。片刻之后,她已经跟他并肩站在了一位坐在巨大的木雕椅子里、裹着老虎皮的虚弱老人面前。老人面孔瘦削,但头很大,皮肤下骨骼的轮廓清晰可见,嘴唇苍老,但嘴的形状很好看,嘴边垂下宽宽的灰色长胡须,眼眶有些凹陷,眼珠上蒙了一层灰。这就是老老虎。

"给我们的父亲行礼。"老虎的儿子对她下令。

于是她跪拜了老人。

她就这样嫁给了他,两个人不可思议地在两天之内完成了订婚和结婚的过程,一切都在嘈杂的恍惚和筵席的狂欢中结束了,到处是烟花、火把和篝火。老妇人微笑着把新娘的盖头盖在了她头上。

"山下的人会怎么想呢!"妇人这样说,"他们会看到火光,听到骚动声,在床上吓得瑟瑟发抖。寨子里的男人们正在兴头上,他们会鼓动老虎下山劫几个村子。他们都吃了太多,也喝醉了,都快疯狂了。"

山下的人！她的父亲正在山下。她来这里，本是来为父亲求情的，本来想愤怒地告诉老虎自己有多么看不起到今天仍然在做山贼和强盗的人，可是……

"您现在很漂亮，"老妇人愉快地说，"我们都很开心。"她继续滔滔不绝——"我们盼他结婚，都盼了好几年了。但他太有主意了，一直打算自己找。想嫁给他的女人们不下一百个，一半被我们掳上山来的女人都不肯走，直到他强迫送走她们。"

她很想直接把盖头从头顶扯下来。

"但他派人跟着你去的时候，"老妇人听上去是笑了起来，"我们都兴奋极了。之前从来没见他在乎过任何一个女人的死活。"

是的，他是派人跟着她了。如果她没有自愿回来，他也会强迫她回来的。她把头上戴着一串串珠帘的盖头又正了正。

"像少爷这样的男人，需要一个年轻的妻子。"老妇人一边说，一边跪下去帮她整理婚服的裙摆，这是他的母亲成亲时穿过的婚服。绣了花的腰带对她来说有一点紧，他们不得不修改了纽扣的位置，她才能穿上。妇人又说，"现在你来了，或许他能有勇气再打一仗，把北边失去的领地再拿回来。那是被蓝狼夺去的。"

"我从来没听说过这些。"茉莉说。

"肯定没人跟你说。"老妇人有些不屑地说，"每个人都说蓝狼根本就算不得是个了不起的头目，一点都不是。真正起作用的是他媳妇，一个无所不能的女人，人们都这么说。事情都是她做的。好了，你都准备好了。"

她已经忘记了老妇人的絮叨。她准备好了。她走了出去，在他所有集结在一起的部下的见证之下，跟他喝了交杯酒，陪他一起祭拜了家神。

"朱茉莉，"还不到一年之前，她站起身接受大学毕业证书时，曾经听到美国校长这样说——"我十分荣幸授予你文学学士学位，你即将回到祖国，面对全新的时代，有机会将自己的所学应用在推动文明和现代文化技术的进程中。我们这个时代中的女性如此幸运的并不多。"

此刻，她身处万里之外一座荒蛮的山巅，被整群强盗团伙簇拥着，跪倒在这些古老的神像面前。一切都结束了，万劫不复。她已经与他喝干了交杯酒，吃完了对方碗里的米饭。

"蓝狼,"她带着挑衅问他,即使已经知道答案,"到底是谁?"

他们的婚礼已经过去了四天。美好、漫长、阳光明媚的四天。山寨在这期间无比平静,山谷中笼罩着薄雾的同时,山顶却无比晴朗。成群的人已经散去,她没有问他们去了哪里,也不关心。她暂时放下一切,只是珍惜着跟他单独在一起的每一分每一秒。山下的雾气中有他的父亲和母亲,她不得不考虑他们——母亲会直接从上海赶回家来,整日悲伤饮泣;父亲会无比茫然,不知道那天是见过真正的她,还是见了鬼。他们会非常难过,特别是在她坦白一切之后,但她现在还不能说。她嫁的这个男人,是一个传奇,一个梦,一个旧时代的恶霸,也是一个与她年纪相仿的年轻男子。她可以改变他的,她这样想。她可以一点一点改变他那种颐指气使居高临下的态度。但是首先,她必须先完全了解他,倾听他,观察他,让他把自己的一切和所有的计划都对她和盘托出。这个地方仿佛没有政府,没有当权者,他仅仅在试着计划为自己的王国开疆拓土,他是统治者,人们交税是天经地义。

"我要组建一支庞大的军队。"他说,"队伍里都是年轻人,接受过各种各样的训练,从开飞机到射机枪……"从他的一大堆藏书中,他拿出一本有关造战斗机的,还有一本讲的是新式大炮。

"我讨厌战争。"她大声说。

他睁大了眼睛,问:"那你想怎么样?"

"你应该为老百姓做些事情。"她说,"比如说,开学堂。"

他之前就已经考虑过学堂了。

"老百姓的学堂。"他说。

他让她给他讲,美国和苏联的学校是怎么样的。她感觉自己就像是在跟一个年轻的美国男人讨论这些,一个加入了共产党的富家子弟,一个良心发现的人。接着一个人叫走了他,一个小时后他回来了,怒气冲冲的样子。

"我得去跟蓝狼打一仗。"他大叫,"他又抢了山南边的一个村子。我试过跟他和平共处,但没有用。我不能再客气了,我要亲手用剑把他的脑袋斩下来!"

他们正在他的卧室里,一个很大的方形房间,满是他的书，还有一张大床和雕花家具。他在一个很大的樟木箱子中翻找着什么，最后从深处翻出来一把陈旧的宝剑，把它从剑鞘中拔了出来。他的样子看上去完全不一样了，脸上的怒火熊熊燃烧，她感觉自己好像从来都没有见过这个人。

"几分钟之前，你还在说给百姓开学堂……"她说。

"我能教会他们的东西，比学堂里的书本多。"他冷酷地说，"我要教会他们如何战斗。"

他走了，把沉重的木门在身后重重地甩上，缝隙中掉出了很多灰尘。她一动不动地坐着，被他残酷的样子和粗暴的话语吓到了。她如此疯狂而迅速地嫁了的这个男人，到底是谁？

寨子中变得无比喧嚣，到处是粗犷野蛮的男人，头顶着乱蓬蓬的长发。这些人都是从哪里来的？就这样聚集在了山顶上。她往外看时，能看到这些男人仿佛山羚羊一般顺着布满岩石的狭窄山路爬上来，有时候还敏捷地跳跃着。她还能听到铁匠的锤头敲在砧板上的叮当声和马的嘶鸣，闻到新鲜皮革的气味。

"待在你房里别出来。"老虎命令她。一开始她听从了,从窗户中,她能看到庭院中的忙碌。老老虎也从昏沉的半睡半醒中走出了房门,握着长长的龙头拐杖站在门外,雪白的胡须在风中飘舞着。他一直在用自己苍老虚弱的声音发号施令。

"你们得像女人玩扇子那样撤退!"他叫道,"先假装后退迷惑敌人,等到他们前进之后,再包围他们!"

男人们猛烈地回应着,他们一齐大喊:"是,老爷!是!"

鼓励声让他继续喊道:"先进攻的并不是最后的赢家!"他喘了口气,攒够了力气,又说,"先撤退,然后按兵不动,等待时机,最后进攻!"

"是,老爷!是!"他们无比崇敬地大喊。

但小老虎没有浪费时间在喊口号上。他待在自己的书房中做着计划。桌子上铺着一张巨大的山区地图,能看到周围所有的山头。她悄悄走进来时,发现他正在仔细地研究着,用细细的黑笔标记着道路和村镇。听到她的脚步声,他抬起了头。

"从今天起的一个月后,我会到达这里。"他用手指点出了地图上的一个位置,"是蓝狼的营地。"

她注视着他的眼睛。他甚至不太在乎她的存在，过去的几个小时也从未想过她。她心中升起一阵酸楚和怒气。

"那我怎么办？"她问。

"什么你怎么办？"他回答。

"我要去哪儿呢？"

"就待在这儿啊，"他有些惊讶地回答，"就在家里等我回来。"

"不。"她快速说，"我才不要。你搞错了，你回来的时候，我就不在这儿了。"

她跑出了书房，跑进了自己的卧室，扑在床上大哭起来。她自己也不知道为什么，只觉得他要离开她了。

过了一会儿，他走了进来。她感觉到他的手按在她的肩膀上。

"告诉我，你说我回来的时候，你就不在这儿了，是什么意思？"他命令道。

她没有回答，一动不动地躺着，觉得自己此刻就像一个难过怄气的孩子，因为她爱着他，而他却想要离她而去。他用力扳着她，转过身，握住她的肩膀，盯着她的眼睛。

"你听见我问的话了吗?"

她挣脱开来,坐起身,往后捋了捋自己的头发,冷冷地回答:"就是我说的意思。"无论如何,她已经不是个孩子了。她又说:"所有的这些打打杀杀,都荒唐透了。"

于是,那场激烈的争吵开始了。

他们争吵的时候,战争都按下了暂停键。她不肯离开自己的房间,他进来跟她大吵了一架,又愤然离去。外面的男人们嘟囔着,叫喊着,等待着,马儿原地踏着步子摇头晃脑。老老虎已经忘记了发号施令,回去继续抽大烟。她一个人在房间里待了好几个小时,他则坐在书房里,把头埋在手中,也不再研究桌上的地图了。她没有看书,也没有像之前计划的那样写信给自己的父母。现在写有什么意义呢?或许她随时会动身回自己家里去。他还没有屈服,但也仅仅是此刻人还在这里,任何时候都可能离去。他已经下令给所有的马装上了鞍子,整装待发,手下的人也不许下山。他们已经吵了三天,人马也已经待命了三天。

一切都是从她感到嫉妒的那个瞬间开始的,

然后它像雪球一样越滚越大,变得像怪兽一般恐怖,他们俩谁都已经无法后退了。因为她已经说出口,如果他去挑起这场愚蠢的战争,她就会回家去,再也不回来;他也说了,他会叫人把她的门锁起来监禁她,不会放她走。

她说:"那我就会恨你一辈子。就算我的身体在这儿,你也会失去我的心。"

"为什么?"他问。

"因为你太愚蠢太残忍了,这样的男人不值得任何女人爱,除非她像你一样愚昧。"她无情地说。

"我才不愚昧!"他冲她咆哮。

"你就是,就是!"她哭着说,"不然呢?世界上的任何国家,哪里有这样的男人?我一定会羞愧的,在我的美国朋友面前。"

"你可以回美国去,我不在乎。"他嘟囔着,又冲出了房间。

可他马上又回来了,喊道:"我不明白自己为什么不干脆杀了你,然后做自己的正事去!"

"那就杀了我啊!"她挑衅着,"反正你只会这一件事!"

"为了个女人不值得!"他像是在自言自语,随后又冲了出去。但他还是没有杀她。她等待着,心里还爱着他,却气愤地想要咬自己的手。

有一次他走进来时,看上去温柔得不真实。他坐下来,佩剑挂在身体一侧。虽然她心里告诉自己,她恨他,却还是克制不住地意识到他有多英俊,自己有多爱他。

"茉莉,"他开口说,"你为什么这么抗拒我的生活方式呢?我是个头目,也是个头目的儿子。"

"你就是在跟政府对着干。"她反驳道,"你的人头可是值一大笔赏金呢。"

"政府!"他嘲讽地说,"你不记得政府换得有多快了吗?过去的三十年里,倒台过两次。而我……"

"你知道老百姓有多恨你吗?"她激动得哭了起来,"你知道他们怎么被'老虎保护费'欺压的吗?"

"一派胡言。"他缓慢地说,"我只拿富人的钱,从来不抢穷人。劫富济贫是我们的原则。"

"我父亲……"她开始说。

"他是个有钱人。"他打断了她,"而你是他女儿!"

她盯着他,开始大笑起来。

"我从不知道,山贼还有什么原则!"她叫道,"世界上根本没有什么有原则的盗贼!那可是贼啊!我嫁给了一个贼!我不觉得有什么正义的贼!"

他又走了,摔门而去的时候,连墙都在晃动。她用手臂撑着桌子,把头深深埋下。

过了很长时间,门又被轻轻地推开了。她没有抬头,但仔细听着。是他回来了吗?她本来打算,如果他回来,就求他的。但这并不是他,而是老妇人。她蹑手蹑脚地走了进来。

"外面的人因为耽搁了这么久很生气,"她用极低的声音说,"好像正在谋划什么呢。"

她抬起头,看着老妇人。

"我听到他们说:'去抓那个女人,都怪那个女人!'——他们是在说您呢,太太!"

忽然之间,注视着那张布满皱纹的苍老脸庞,还有那双洞察一切的眼睛时,茉莉害怕极了。她跳起身来。

"我想回家。"她喘着气说,"真希望我不在这个地方,希望我从没来过——这些野蛮凶狠的人们。当时我到底是怎么想的?怎么会觉得到这里来有用？"

她跑出房间，穿过回廊，跑进了书房。她打算告诉他，去打他的仗吧，她放弃了。她想回家，因为她希望自己从来没有跟他相识。他们这样两个如此不同的人根本不该结合。一切都结束了，她不在乎了。

但她跨进门时，发现他正站在桌边。他已经把佩剑摘下来抓在手里，正用黯淡而困惑的眼神望着她。

"你说得对。"她开口之前，他先说话了，声音谦逊得不像是他，"我知道，自己是个愚昧的粗人。如果失去了你，我的生命就没有了光。你那天是带着光芒来到我身边的。我什么都听你的。我爱你。"

他们彼此对望着。她忘记了老妇人和外面蠢蠢欲动的人群，她跑向他，张开双臂抱住了他。

"我们为什么要争吵呢？"她低声说着，紧紧靠住了他。

她听到了他的宝剑叮咚落地的声音。

此刻似乎难以置信，他们曾经吵过那么大

的一架——他们是如此地深爱彼此。第二天早晨,他走出房门,直截了当地命令属下们回自己家里种田,他不打算跟蓝狼打仗了。

"永远不打了吗?"男人们有些不情愿。

"不打了。"他斩钉截铁地说。

他分了些钱给每一个人,男人们离开的时候面面相觑,有些恍惚地沉默着。对他们来说,这仿佛是个为了一个女人自愿放弃王位的君王,但他还没有留下后代,他们也变得群龙无首。他们回了家,完全不知道该干什么,因为长久以来,他们一直都在服从着老虎的命令,先是老老虎,然后是小老虎。

"现在除了政府以外,我们什么都没了。"他们缓慢地下山时,一个人沮丧地说。

"政府又是什么呢?"另一个说。

寂静的山寨中只剩下了他们两个人。老虎注视着茉莉,像个孩子一般问道:

"那现在我该做什么呢?"

她也被他的样子吓到了,有一刻她有些恐惧,连寨子都有些不一样了。

"我们回家吧。"她喘着气说,"我想回家看看。"

"你说什么都可以。"他说。

正午之前,他们已经来到山下,正在穿越平原。她坐在轿子里,隔着布帘,正在盘算到底该怎么做。她母亲现在应该已经回到家了,她打算就这么安静地跟他走进家门。她会这么说:"父亲,母亲,这是我的夫君。"然后她会等一会儿,再说:"他是老虎的儿子。"

之后……之后会发生什么,真的就很难预测了。

"父亲,母亲,"她说,"这是我的夫君。"

书房中坐着的两个老人注视着她。她母亲身上穿着丧服,脚上穿着白鞋,头发上还绑着一根白布条。父亲就穿着平常的衣服。

"我以为你死了。"她母亲哑声说道,"现在的年轻人动不动就寻死,我还以为你因为我们做的什么事情生气了。"

"我跟你说了吧,我看到的不是鬼!"她父亲说。

两个上了年纪的脑子,显然无法快速跟上这一切——她回来了,身边站着一个高个子年轻男人。

"你的夫君？！"母亲重复着她的话，"我怎么不认识呢？"

"我也没见过。"父亲嘟囔着，转过头去不看他们。

"我跟您讲过了，我会自己选。"她提醒他。

"从来没人这么干过。"他嘴上应着，还是不肯看她。

接着，她按计划说出了那句话："他是老虎的儿子。"

她不确定他们是不是听清楚了。但父亲忽然回过头来，嘴大张着。

"你一定是出了什么问题。"他说，"你是不是疯了……"

"根本不该送她到美国去。"母亲哭了。

茉莉转身对老虎说："你跟他们说说话。"

"说什么啊？"他问。

"什么都行。"她说，"这样他们才能听到你的声音，知道你是真实存在的。"

于是，他用一种简单而礼貌的方式开口了："她，您的女儿，到我家来……"此刻他忽然停下来看着茉莉,有些惊讶的样子,打断了自己的讲述:"你还从来没告诉过我,你到底是来干什么的?"

"是这样的,父亲。"她赶忙说,"那天我看您跟叔父们聚在一起,特别担忧的样子,就决定一个人上山会会这个老虎,告诉他继续这样年复一年地收保护费是一件多么无耻的事情。当时我以为他是个愚昧的老头,如果有人提醒他这样做对百姓多么不好,他或许会改变的。我去是想帮您的,父亲。"

父亲倒吸了一口凉气,又用手捂住嘴咳嗽了起来,然后说:"哦,我明白了。然后呢?你就把老虎带回家来了?"

"唉,天知道我跟神求了多少次!"母亲突然大哭起来,"我祈求你能在月底之前嫁人,但我被耍了!"

"我早就跟你说了,别心里想要什么就跟神灵说,不安全。"父亲冷冷地说,"不知道什么时候他们就会搞个恶作剧,就算实现你的愿望,也总是用意想不到的方式!"

他们在惊愕中呆坐着。忽然间,老虎清了清喉咙。

"我也没那么差劲儿，"他说，"您可以给我个机会试一试。"

"母亲，如果他真是神灵派来的，"茉莉笑着说："那您就得接受他啊。"

他们双手合十，注视着眼前两位满腹狐疑的老人。

但在他们眼中，他只是老虎。

"他太高了，"母亲有一天早晨有气无力地说，"咱们的房子对他来说太小了。"

不管茉莉做什么，都无法让父母忘记她的夫君是老虎。她甚至给他起了另一个名字——"勇平"，勇敢与和平的意思。她经常这样叫他，并解释道，是因为他自愿放弃做一个山大王了。

"你打算把他怎么办呢？"父亲某一天晚上问她："他不习惯城里的生活，就像一头猛兽在笼子里一样，总是走来走去。一直这样不是办法啊。"

连她自己也开始意识到，得为他做些什么。老宅子里和缓的平静就快让老虎窒息了。

"在这个地方我没法呼吸。"他抱怨道："这暖乎乎的海风让我喘不过气来，我已经习惯高山了。"

他也无比悔恨，自己离开了父亲老老虎。

"我不该就这么离开父亲,突然之间就走了。"他一次又一次对她说,"这样做不符合孔夫子说的孝道。"

"他当时睡着了,"她反驳,"你自己也说,他经常一睡就是一整天。有时候你也好几天都不去看他。"

"这样做不符合孔夫子说的孝道。"他重复道。

"天哪,这年头已经没人把孔夫子当神敬着了!"她有些暴躁地说。

"孔夫子说的很多话都有道理。"他反驳。

"如果你愿意就回去啊!"她冲他大喊。过了片刻,她又迅速说:"不要,不要,我不是这个意思。"

他没有回去。有时候,她确信他一定不会回去,比如两个人独处了很长时间的时候,他们仍然有说不完的悄悄话。这时她能看到他的灵魂,没有经过雕琢,却充满了力量。这时她会收起所有的嫉妒和愤怒,只是谦卑地期待自己有一天能够学会指引这种力量。他是这样一种男人,如果她知道如何做到,就能把他塑造成任何想要的样子。

"你想学点什么吗?"有一天她这样问他。

"学什么?"他问。

"有很多东西都可以学啊,"她回答,"书本、科学……"

"当然想!"他迫切地说。

她把大学里用的旧课本翻了出来,两个人无比快乐地度过了几个小时。然后他在某一刻会突然需要活动一下身体,就跳起身来走进院子,又开始疾速走来走去。就是那种坚定的躁动让父亲不停摇头,说:"这是一只被关进笼子的猛兽啊。"

"我从来没想过,会害怕自己的女婿。"母亲怯生生地说,"但我应该会一直这么怕他吧。"

忽然间,茉莉也有些怕他了。并不是那种对老虎的恐惧,而是对一个英雄无用武之地的男人的恐惧。他生来就是个王者,也一直在发号施令,但现在他没有事情做了。他一直在她身边,时刻需要她的陪伴,他对她的需求也让她费尽了心力。她现在简直比读大学的时候学习还要努力,这样才能回答他在读每一本书时提出的刁钻问题。而且她也看出来了,这样的学习对他来说是远远不够的,她开始经常在夜里惊醒——万一有一天,她对他来说也不够了,该怎么办?

带着这样的担心,她日益消瘦。他对她来说太难把握了——他有太多力气、太多愿望,也太不甘于束缚。

"我们得离开这儿。"她这样想。她在夜色中计划着:"如果我们去上海,他或许会觉得有意思。"

清晨来临时,她问他:"你想去上海看看吗?"

"上海有什么好看?"他说。

"我们可以看看……所有新的东西。"她对他说,"你还没见过能动的画和自己会跑的汽车吧?或许你会喜欢跳舞,我就很喜欢。"

"哼!"他不屑一顾地说,"那不过是给孩子们玩的东西罢了。"

她又哄劝道:"我们好不容易回了家,难道不值得庆祝一下吗?"

听到这话,他咧嘴笑了一下,问:"你觉得你的朋友们,会享受跟老虎一起庆祝吗?"

她没有回答。确实,他们不会。这也是她父亲一直以来的担心,他这么说过:"我应该办一场风风光光的喜宴,但亲友们应该没人敢来。我能想象他们的感受。我如果不知道他实际上是什么样的——其实仅仅就是个年轻小伙子——也会吓得不敢靠近的,但他可不是普通小伙子,不是池中之物,完全不是!"

"那我该拿他怎么办呢?"她绝望地问着自己。

后来有一天,他忽然不见了。他就那么忽然站起身走进院子,开始焦躁地走来走去,正是她害怕的那种方式。她只能远远地看着他,不知道该去找他还是由他去。透过院子另一侧的窗户,她能看到父亲严肃的脸,他也正在盯着院子里的年轻男人看,眼神中满是怜悯,令她无法忍受。她转过身跑进自己的房间,关上了门。她能把自己嫁的这个男人怎么样呢?他不属于这间宅子。若是他们去上海,她也不清楚他能做什么。她想到自己的表兄弟,都是些温和体面的年轻人,白天在办公室工作,晚上去俱乐部跳舞。他们看到了这个高大鲁莽未开化的男人,都会吓得缩起来的。如果她试着教他跳舞,他会说:"学这些没用的干吗?我又不是小孩子。"她也无法想象他温顺地跟着她去剧院看戏的样子,或是一起坐进一辆汽车。不可能的,他绝不适合上海。

她悄悄地爬上了床,躲在布帘后面哭了起来。

因为无论他怎样,她都爱他,也因为她无法让他快乐。最后她终于坐起身来叹了口气,擦了把脸,整理了一下头发。她得再去试一试,于是她出去找他,但是他不见了。他一直踱步的院子已经空了,一只猫卧在不知被谁挂在竹林中的鸟笼下面。那是一个夏日的午后,没有风。她仔细倾听着,却没有一丝声响,除了从院墙外城中传来的轻柔呢喃声。

一开始她想,他应该是去了另外一个院子。她安静地一个接着一个院子地寻找,可是他都不在。接着她走进了房间,他也不在。父亲正在书房里午睡,扇子盖在脸上;母亲在自己的卧室里;年老的守门人坐在自己的木板凳上也打着盹,头靠在身后的墙上,嘴张着。

她大叫着问他:"有没有人……我的夫君,从这扇门走了吗?"

他嘟囔着醒了过来,拍了拍自己干燥的嘴唇,低声说:"没有、没有、没有……"

"就算进来一支军队,你也发现不了吧!"她又叫道。随后她仔细看了看大门,门闩没有拉上。她又看了看门槛周围的尘土,上面满是各种各样的脚印——是那种宽底的大鞋留下的脚印,是山贼们常穿的,那样的鞋底适合攀爬岩石和走小路。是他们来接他了吗?他跟着他们走了?这座大宅子对她来说瞬间变得空荡荡的。

"我要跟他去。"她在心中叫道。她跑回房间,换了衣服,穿上了最结实的美国皮鞋,拿上了自己的手提包。她打算直接追随他回山上去。

轻轻穿过安静的宅子,她小心地打开了大门。老守门人又睡着了。在门外的街上,她急切地跟轿夫们讨价还价。

"现在是大夏天,日头还高着呢。茶水钱必须多给一点。"他们说。

"好。"她答应道,"两倍茶水钱,怎么都行。"

安全地躲在帘子后面时,她开始在心中慌乱地盘算。他们会住在山里,她会让他做任何他想做的事——任何事,只要他开心就好。

到达山脚下后,她停留了一个小时。她问那个一脸严肃的农夫老汉:"我的夫君今天经过这儿了吗?"

他摇了摇头。"今天没有人经过。"他可能已经不记得她了,看她的眼神没有一点认出来的意思。

"他一定来了,一定来了!"她大叫。

他用下巴示意她那几匹拴着的马,平静地说:"这是他的马。"没错,他的马在这里,一匹他出门总会骑的蒙古黑马。他确实没有经过这里,她踌躇着。寨子就在她头顶的高处,此刻阳光很刺眼,她几乎看不到灰色的围墙。而她身下则是蓝色的海,她的故乡和她的家。

"给我一匹马。"她命令他。

"他真的没有……"他开口道,没有动弹。

"听我的。"她说:"我是他夫人,你知道的。"

她到达寨门的时候,天已经黑了。门是锁着的,但她还是敲了起来。她是一个人来的,她知道路,不需要那个一脸严肃的老汉跟着她。门开了,是那个年老的男佣。他盯着她看。

"主人在吗?"她问道。

"只有老的在。"他说:"已经睡了。"

他真的不在。他到底怎么了,她去哪里才能找到他?她精疲力尽地垂下了头。

"我得进来睡一觉。"她说。

他打开大门让她进来。她下了马,穿过一个个院落。里面看不到一个人,直到她走进最里面的院子。老妇人正在里面端着一碗米粥喝,抬头看见她,赶忙吞掉嘴里的粥站起身来。

"太太,您回来了!"她低声说着,转过头去。

"对。"茉莉说。她的脑海中忽然灵光一闪——这些人,这个老头,和老太太,他们一定知道他在哪里,她一定要从他们嘴里挖出来!如果她找不到他,她的生命将不过是从一个空虚到了另一个空虚。她站在空荡荡的山寨中,身边除了夜风一无所有。她回到自己原来的房间,拉开了桌子的抽屉,那把她忘记的小手枪果然还在。老妇人跟着她走了进来,嘴里还嚼着粥里的咸菜。

"您需不需要……"她开口说。

但茉莉迅速走到门边,靠着门框站住。

"现在,告诉我他在哪儿吧。"她坚定地说。

她用手枪指着老妇人的脸,等待着。

"我正想告诉您呢,"老妇人低声嘟囔,汗珠顺着她的额头流了下来。

"那就快说。"茉莉说。

"他被劫走了,"她低声说,"但是个意外。"

"什么意外?"

"他们是想去劫你的。"

"谁？"

"男人们。"

"为什么？"

"因为他们说，您剥夺了他们作战的权利。所以他们把您出卖了。"

"出卖了？"

"对，出卖给了蓝狼。他们打算把您从家里劫走。"

"什么时候？"

"今天，午休的时候。两个人打算去您家里，说……"

"他们是什么人？"

"蓝狼手下的人。"

"然后呢？"

"如果需要，外面还有更多人可以冲进去。"

"可我什么都没听见啊。"

老妇人叹了口气："他们把少爷引到你家大门口，这样他们往里冲就容易了。他们说，他父亲……"

"但是他不见了。"

"是蓝狼的人把他劫走了。"

"他自己的手下呢?"

"他们看到被劫走的不是你,而是少爷,全被吓跑了。"

"他们没说什么吗?"

"他们说,自己出卖的是那个女人,不是少爷。"

"然后呢?"

"但是蓝狼的人说,'我们得到的命令是带这个男人来',然后他们就走了。"

"我丈夫不是这么容易束手就擒的人。"茉莉缓缓地说。这一切依然让她难以置信。

"哦太太,抓他的人有五个呢,都是特别强壮的男人。"

"没人看到吗?"

"正是午睡的时候。他们带了一辆马车在外面等着,里面有三个男人在帘子后面按着他。"

"这都是谁策划的?"

"是他自己手下的两个人……"

"让他们来见我——等一下,先不要。我要回家。"

"太太!已经这么晚了啊!"

"没关系。反正我有他的马可以骑,它很可靠。"

她把手枪塞进了胸前,什么东西都没吃,就

又上了马。她只能相信老妇人。

她骑马骑了一路,回到家已经接近黎明时分了。

老守门人放她进来时睁大了双眼,她什么都没说,直接去了父亲的卧室。他看到她时大叫了起来:"茉莉!你怎么回事?"

"父亲,"她打断了他,"父亲,请把'老虎保护费'给我。我需要钱,现在就要。"

她感觉自己的头脑晕乎乎的,像在游泳。她已经很长时间没吃过东西、睡过觉了。她的身体晃了晃,倒了下来。

她也不知道自己睡了多久。但醒来的时候,所有的计划一下子涌入脑海。她坐起身,她需要很多很多钱,足够组建一支军队的钱。她得带着这支队伍去跟蓝狼作战,这也是老虎自己的队伍。她必须把他们再次集结起来,给他们买足够的武器。中国古代也曾经有过一个替父从军的女孩,因为父亲已经年老,她替他带领着队伍打了胜仗。门忽然开了,父亲走了进来,手上抓着一份电报,脸色是灰暗的。

"我们败了。"他憔悴地说。

"怎么了?"她叫道,"他一定出什么事了。"

"我不知道你在说什么,"他说,"我们的国家打败了,日本人就要攻到上海了。你叔父说……"

她的思绪不由得飘远了。日本人要来了,她最后一个童年噩梦即将变成现实,一切都太荒谬了,什么事都可能发生。日本人……

"他们会把海岸线都炸平的!"父亲发狂一般地大声喊道,"我们都会被杀死的!我们还没准备好,任何人都没准备好,没有训练好的军队,也没有将军……"

"如果他在这儿,"他说,"他一定能做些什么的。唉!他自己就有一支军队,万事俱备只欠东风……"

他们注视着彼此。

"他去哪儿了?"父亲问。

"我知道他在哪儿。"她上气不接下气地说,"蓝狼……他们把他劫走了……我需要钱……去……"

"钱都给你。"父亲宣布,"本来之前也是要给他们的,但没有人来收。"

"我要一架飞机,"她焦急地说,"一架可以在山中的平地降落的小飞机,还有一个飞行员。"

"我现在就去给你上海的叔父拍个电报,让他安排。"他说。

"必须足够大,大到能把他带回来。"她说。

父亲点了点头,走了出去。她坐了片刻,思绪依然乱得很。"这是个疯狂的国家,"她想,"一切都能搅和在一起——蓝狼和日本人,他和我……"

她在美国坐过一次飞机,只是想体验一下飞行的感觉。当时是假期,她和玛丽·莱恩坐飞机去华盛顿州看日本樱花。站在那些精致的樱花树下,微风吹拂,香气袭人,她甚至忘记了父亲曾经教她的,要永远痛恨日本的一切。种下这么美的樱花的人,不大可能是敌人。但炮弹正从上海上空坠落,宛如天空中飘落的花瓣。

这架需要踩着梯子进入座舱、自带支架的小直升机跟奢华的大型客机完全不同,甚至从上空看地面的感觉都不一样——从这里看地面的一切都觉得太近太清楚了。飞行员是一个来自中国山东的年轻男人。她不得不跟他说英语,因为两个人说的方言太不一样了。

"跟他说,小心点!"她父亲说,苍老的脸上充满了焦虑。

"我父亲从来没见过飞机,"她对飞行员说,"他有点紧张。"

"不用紧张的,"年轻人说,"我人生的一半时间都在飞行呢!"

"是训练吗?"她问。

"打日本人,"他解释道,"我们能打多少就打多少。"

发动机开始轰鸣,他们都坐好了。常州城越来越远,大海就像一个巨大的蓝色泡泡。她想骄傲地说:"我丈夫会带着他的军队打退他们的。"但她张开嘴,发现想说的话瞬间被风吹散了。他们在不断上升,她抓紧了座椅的侧面。人们说,如果走路或是骑马的话,去蓝狼驻扎的山头要三天的时间。

"三个小时多一点就到了。"年轻人在出发时就告诉他们,"今晚我还打算回上海呢,你们给的钱,可以买不少打日本人的炮弹。"

"我给双倍。"父亲这么说。

他们开始在空中向东边飞去,天渐渐亮了起

来，他们正赶着去与太阳会合。云朵飘过身边，他们身下的大地变成一片模糊的绿，闪着光的点是湖泊和池塘，细长的光条是大运河。这就是她的今天，她正展开翅膀飞向她的爱人。他们下方的村庄里，男人和女人正在古老人生的日日重复里开启新的一天，女人们用古老的土炉子做饭，男人们给水牛套上古老的木犁。再过一会儿，她会降落在一个有年头的寨子里，她不知道自己会在那里找到什么，除了确信他在里面。他们不会杀他，她从未考虑过他们有杀掉他的可能，但那些毕竟是他的敌人，她几乎忘了这一点。如果他已经死了，她仍然会把他曾经的队伍集结起来，把这些人一个不留彻底歼灭。她会买一架战斗机，像落花一样把炮弹撒在他们头上。

"再快一点！"她叫道，但话又瞬间被风吹散了。

飞行员正缓慢地盘旋搜索着，此刻他们离山顶很近了。这是一道贫瘠的山梁，只有很少的绿色植物。飞行员朝窗外点头示意，她向下看去，是两道山坡之间一条浅浅的山谷，山谷中有一些岩石建成的低矮房屋，被一圈石墙包围着。这一定就是蓝狼的营地了，因为周围再没有其他有人烟的地方。而且飞行员也曾经去治安官办公室问过山区的具体地形，他们给了他一张地图。人们都知道山贼在哪里驻扎，因为商人们经过山区的时候必须绕过那些位置。他开始加速下降，风的呼啸声小一些了，她现在可以冲他喊话。

"请你就在原地等着，不要熄火。我们一来，就立刻起飞。那时候我们可能得用逃命的速度。"

他点了点头。在他们下方，能看到很小的人影正在那些石头房子周围聚集起来。她能看出他们的脸正向上看着，手臂举得很高。飞机突然往下降时，下面的人都四散而去。

"他们害怕。"她对飞行员说，"他们从来没见过真的飞机。记住千万不要熄火！"

他点了点头，她感觉到直升机触碰了地面一两次，最后颤抖着站住了。人们在家门后面盯着他们看，有几个正向他们走来，战战兢兢的样子。她轻巧地跳到了地面，直直地面对他们，尽量让自己的声音显得毫不畏惧。

"你们的头目呢？"她问道，"我是来见他

的。"她已经决定,先完全不提老虎,免得自己也被关起来。就让他们猜她到底是谁吧。

没有人回答,他们面面相觑。如果她从来没有见过这样的人,或许也会感到害怕。但她已经很了解他们了——这是同一类野蛮鲁莽、永远义愤填膺的山贼,对自己的头目唯命是从。

"你们最好出声。"她平静地说,"我给他带来了很重要的消息。"她又指了指飞机,说:"你们也看到了,我来得多着急,坐了会飞的船赶过来的。"

"就是这玩意儿?"一个男人好奇地问,"我刚看到的时候,还以为是只老鹰。"

"我们听说过,但从来没见过。"另一个说。他们就像大孩子一样,心里都想触摸一下这个怪异的东西,但是又害怕。他们已经忘了她之前问的什么。

"带我去见你们的头目,我去办正事的时候,你们可以摸摸它。"

他们又面面相觑,其中一个有些羞怯地笑了。

"小姐,问题是,"他说,"我们没有什么头目。现在管事的是个女人。"

"女人?"她瞪着眼,无法相信,一一扫视着眼前的男人。

"蓝狼去年春天死了。"男人说,"但没人知道。"

"他夫人不让我们对外说,"另一个男人说,"她说,她可以像任何一个男人一样领导我们。"

男人们都点了点头,说:"她也确实做到了。"

"那就带我去见她!"茉莉命令。

一个女人!她已经迫不及待想要问,他在哪里,被怎么样了。或许他已经死了,或许他还被囚禁在这些房子中的某一间。若是个女人,解救他或许更难……

"好吧,我带你去。"其中一个人终于说,她跟着他去了。她一直把手放在口袋里,用手掌按着那把小手枪。

这会是一个什么样的女人呢,她想象着,竟然敢这样取代一个山贼头目的位子!之前她也听说过类似的传说故事,都是兰花给她讲的。但那些都是传说,而这竟然是一个真实存在的女人。

"到了,"男人说,"这就是她的房门。你想进去就进去吧,我不想通报。她脾气太坏了,如果知道是我带你来的,一定会杀了我的。"

他离开了,留下她独自一个人站在一扇紧闭

的门前。她站了一会儿，随后轻轻地将耳朵贴在了木门上，仔细听着。她能听到里面有人在低声交谈，是两个人。其中一个她能清楚地听到，一定是那个女人，声音大一些。另外一个是男人的声音，一个她再熟悉不过的声音。是他！她双手用力推开了门，老虎真的在里面。那女人坐在一张巨大的雕花椅上，他正站在她身边，朝下看着她。门被推开的一瞬间，女人的声音清晰地灌进了她的耳朵。

"我们一起，"她是这么说的，"我们一起，什么事都能做到。"

随后女人看到了她，老虎看到了女人面色的变化，也转过身来，双手惊得放了下来。

"是你！"他说。

"对。"她快速说。他向她迈了一步，但她没有动。"我以为你会被绑起来的。"她说。她直视着他的眼睛，语气中带着责备。

"我是被绑来的。"他回答。

"但你现在很自由啊。"她说。她能听见自己的声音。

"是她把我放开的，"他说，"我的脚腕现在还很疼呢。"接着他笑了,"也怪我自己,是我一直想挣脱来着。"

"她是谁?"茉莉用下巴轻轻点了点女人。

他又笑了:"确实是意料之外,原来根本没有蓝狼,这几个月是她在带领他原来的队伍,我一直在跟一个女人战斗呢!"

但茉莉没有笑,严肃地问:"我进来的时候,她在说些什么?"

他转头朝着女人,问道:"你刚才说什么来着?"

此刻茉莉才认真地看了看那个女人。她看上去就是个皮肤黝黑的乡野村妇,很年轻,却像男人一样高大,穿着一件深紫色的旧式绣花棉袄。她的皮肤是棕红色的,嘴唇很厚,线条硬朗。她仍然看着老虎,仿佛茉莉根本不存在一般,用跟刚才茉莉闯进来时一模一样的语气又说了一次:"如果你和我联合起来,把我们的军队、土地,还有我们两个人都放在一起,一定会天下无敌的。我们可以像之前的起义领袖那样推翻政府,重新建立帝国。你可以称王,我们的儿子们就是龙子龙孙。"

"简直是不可理喻!"茉莉叫道,她跑向老

虎，用双手抓住他的手臂，晃动着他："你不能相信她的鬼话！"

但他一动不动，只是盯着女人坚毅黝黑的脸庞。茉莉忽然放开了他，朝着女人走近了一步。

"你是在跟我宣战吗？"她问道。

"回上海去吧。"女人说，"那是像你这样的女人该去的地方。你懂什么是战争吗？"

老虎没有说话，站在那儿继续盯着女人。茉莉无法忍受他目光中的迟疑。他没有向她走过来，也没有笑，他眼中只有重重的顾虑，他正在思考，到底什么才是自己真正想要的。

"你把我忘了吗？"她大叫。

"我是为战斗而生的，"他说，"我没法在城市中整天无所事事。"

他的声音很沉闷，接着他转过身，不再看她们两人，而是走到了一扇窗边站住。

"你打算选择她，放弃我？"她问他，压抑着心中的怒火，她的声音模糊而颤抖。

"我不是要选择一个女人，"他说，"而是选择一种生活。"

"可她是在要求你回到过去的日子啊！"茉莉

叫着。

"我的人也有枪,"女人自豪地说,"也有剑和长矛。"

茉莉气得笑了出来:"那有什么用呢?这年头,打仗是从天上打的!几个小时一座城就能夷为平地,都用不了几个人!"

"那是你的邪恶魔法,"女人叫道,"但我可以在那之前就把你杀掉……"

"才不是我的,蠢货,"茉莉嘲讽地说,"是新世界的魔法。没有人能阻止它,不管你在这个山头上杀多少人!"

她又转头对老虎说:"她什么都不懂,就关在这些山里,根本是井底之蛙!"

"我为什么要相信你呢?"女人问。

但茉莉根本不在乎她。她走到丈夫身边,双手抓起他的手,把它紧紧贴在自己的胸口上,感觉就像贴着一块顽石,但她仍然把它紧紧贴住自己的心。

"跟我走吧。"她说。

他没有回答。

女人在椅子中向前欠了欠身,对他说:"你的队伍和我的……"

茉莉放下了他的手。原来真正的战争，是在自己与这个女人之间。

"你选择她，是吗？"她问，"一个连自己名字也不会写的农妇？你想让这样的女人做你儿子的母亲吗？"

她原本是平静而勇敢的，但此刻她的血液忽然冲破了束缚，在她的身体中肆意奔流。她扑向老虎，抓住他的肩膀摇晃着。他的体重足足是她的两倍，但她晃动了他，哭叫着："我恨你！你知道的，只有我能为你生儿子啊！"

他看着她的眼睛，一个微笑缓缓浮上了他的脸庞。

"如果我让你为我生儿子，你会跟我一起回寨子里吗？"他问。

她摇了摇头，说："那我可不能保证。"女人正痛苦而急切地看着他们。她又固执地重复道："我什么都不能保证，除了——生一个儿子！"

笑容从他深邃的眼中扩散开来，像光一样点燃了他的整张脸。她爱他，同时也恨他。

"我不会让你们走的，你们俩都别想走！"女人忽然说。

"你阻止不了我们的,"茉莉回答,"我是用魔法来的。"

"什么魔法?"女人问。

"我们有翅膀。"她顽皮地说。她打算利用女人的无知。

"你说的我都不信。"女人大喊。

"今天早上我还在海边,"茉莉也喊道,"现在还没到中午,我已经在这儿了。下午我能再回到海边去。你看看门外!"她飞速冲到门口,把门向外推开。飞机正被一大群好奇的人围绕着。年轻的飞行员一看到她,猛地启动了马达,立刻传来一阵轰鸣声,女人在椅子里被吓了一跳,眼神充满了恐惧。

"快来啊!"茉莉对老虎喊。他迟疑了一下,她又用尽力气大喊道:"听我的,快来!日本人就要攻到上海了!"

他注视了她片刻,随后拉着她向直升机冲去,一路推开了很多个男人,像一道强风把他们向两边分开。她一直躲在他身后,他一把抓住了飞机的门。

"怎么进去啊?"他冲她喊。

但此刻那女人也在他们身后大叫起来:"拦住他们!抓住他们!"她的手下终于反应了过来,都拥过来想抓住他。他跟他们搏斗着,就要爬进机舱的时候,有十几只手拉住了他的腿。她能感觉到,他们也想抓住他,那一刻,她赶忙伸手去摸胸口的手枪,冲他叫道:"接着!"他从她手中把枪接了过来,举过头顶冲天放了一枪,枪声划破了山谷中的宁静。他们向后退缩了一秒,他就利用了这一秒的时间用手臂把她夹了起来,两个人一起挤进了机舱。飞机动了,在平坦的空地上摇摆着,不一会儿就在徒劳地向上伸着手臂的目瞪口呆的人群中升空了。它飞越了蓝狼的营地,开始向天空中攀升。他把手举到嘴边,冲着她的耳朵大喊:"我们得加固一下寨子!"

"他们现在还只在上海!"她也大声冲他喊。

"他们会占领上海的!"他喊道,"城里人太容易拿下了!真正的战争会在内陆,在山里!我们回去,做好准备,不要放弃!我已经等这一天等了一辈子!"

他们正在空中飞越高山,山脉就像一道守卫

内陆的高墙。她向下看着,山谷一路通向大海。他的声音又在她耳边响了起来。

"我打算买战斗机,雇一些这样的飞行员……"

他一辈子从未坐过飞机,但此刻坐在其中显得轻松自如,仿佛在做一件无比平常的事。"我甚至可以跟政府合作,"他喊着,声如号角,"我们现在必须团结起来……"

她笑了,手指在空气中移动着,就像在敲一台隐形的打字机。

"怎么了?"他吼道。

"现在是时候把所有的好人都团结起来了……"她也叫道,但他摇了摇头表示听不清。她的声音太小了。

她没有再试着回答。此刻至少她拥有了他,他们一起在数千米的高空飞翔,脚下的山峦就像大地上一条蜿蜒的锁链。

她又在耳边听到了他洪亮的声音:"你怎么没立刻说,日本人来了?那样能省好多时间!"

她抓住他的手,用手指在他的掌心写下了一个个汉字:"我想要你选择我,而不是为了日本人。"

他晃了晃脑袋笑了。她能在风中听到他响亮

的笑声。他大声说:

"在我的门前第一眼看到你的时候,我就已经选择你了!"

她合上了他的手,把它紧紧贴在自己胸口。他的手是温暖的,充满了力量,紧贴着她的肌肤。年轻的飞行员回过头来打算跟他们说些什么,但很快又转过头去了。但老虎毫不在意。

"一场战争!"他在大吼着,"我需要的就是一场战争!"

他是个无与伦比的男人。没有人会相信他的存在。如果她试着跟玛丽·莱恩描述他,将会是很困难的一件事。关于他的一切都无比疯狂,难以置信。这样的故事不可能发生在美国,也不可能发生在世界的其他任何地方,除了这里。他们依然在天空中飞翔,敌人在远方和未来等待着,但他们的脚下是无垠的大地和高山,其中满是老虎的精兵强将,守卫着古老的城门。她一点都不害怕。

编后记

赛珍珠的中国故事集

1937年7月,抗日战争全面爆发,为保留中国文化传承的火种,国立北京大学、国立清华大学、私立南开大学一路南迁,于11月在长沙组建成立国立长沙临时大学;1938年,学校迁至昆明,并于4月改称国立西南联合大学。烽火连天,历经艰难困苦,这所仅仅存在过八载的大学,创造了中国教育史上的奇迹,培养的人才令世人侧目。

当时西南联大的《大学一年级英文教本》(以下称《教本》),由时任外文系主任的陈福田先生编订,汇集了四十三篇世界人文、社会、科学等领域的优秀文章。西南联大学子,翻译家许渊冲先生曾这样回忆《教本》的影响力:"联大八年来为国家培养了成千上万的人才,没有一个人不读《大一英文》,没有一个人完全不受英文读本影响,不受潜移默化作用的。"

《教本》的第一篇,便是美国作家赛珍珠的短篇小说代表作《贫瘠的春天》。这篇小说以1931年长江水灾后的饥荒为背景,以农民老刘为主角,把中国农村受旱涝灾害摧残的凄凉遭遇,描写得令人潸然泪下。

在《教本》之前,《贫瘠的春天》就已入选过教科书。据历史学家、哈佛大学教授杨联陞回忆,1933年他入清华第一年,必修的英文课用的是各教授合选的文章,其中有一篇是赛珍珠的长篇小说《大地》的节选。其实,这篇课文不是出自《大地》,正是短篇小说《贫瘠的春天》。

《贫瘠的春天》还有另外多种译文。如1933年,江苏省立松江中学学生侯焕昭所译,题目为《荒凉的春天》,发表在1933年第一期《江苏学生》(署名卜凯夫人著,侯焕昭译);又如1940年,上海启明书局出版李敬祥译的赛珍珠小说集《元配夫人》,包括14篇短篇小说(其中《贫瘠的春天》的题目译为《春荒》);再如1945年,李敏译此小说,题为《荒春》,发表在《先锋文艺》第六卷第二、第三号。近年所见译文,还有清华大学罗选民教授沿用西南联大《教本》,题目也译为《贫瘠的春天》。

赛珍珠的文学成就举世瞩目,她是唯一同时获得诺贝尔文学奖和普利策奖的美国女作家,据联合国教科文组织1970年的一份调查表明,赛珍珠的作品被译成145种不同的语言与方言出版,如今想必更多。

生在传教士家庭的赛珍珠,从襁褓时期就来到中国,青少年时期的大部分时间住在镇江,直到上大学时才回到美国,在中国前后生活了30多年。赛珍珠视中国为自己的祖国,视中国人为自己的骨肉同胞。"我说话、做事、吃饭都和中国人一个样,思想感情也与中国人息息相通。我熟悉那里的每一寸土地,就像熟悉我脸上的皱纹一样……"1954年,赛珍珠出版了自己的第一本自传《我的中国世界》(*My Several Worlds*),书中虽然指出了中国的种种不足,但通篇可见的,仍是她对中国的深情与热爱。在其最后一部介绍中国文化的力作《中国今昔》中,她写道:"我一生到老,从童稚到少女到成年,都属于中国……"

《中美关系史论》作者詹姆斯·汤姆森曾这般评价她:"赛珍珠是自13世纪的马可·波罗以来,最能让西方了解中国的作家。"赛珍珠的作品，改变了长久以来西方人对中国人的负面印象，她的名作《大地》更是促进了中美文化的沟通。

1933年1月15日，赛珍珠在《纽约时报》上发表文章，写道："至于我是否用我的书为中国服务，只有时间才能回答。我已经收到许多人写给我的信，他们告诉我，在读了那些书以后，他们第一次对中国产生了兴趣。"中国人的好朋友海伦·斯诺夫人也是读了《大地》以后才到中国来的。

终其一生，赛珍珠都以向西方人讲述中国故事为己任。曾有人问她，是如何发现自己向西方介绍中国的本质与存在这一使命的。她说自己并没有把它当作一种职业去做，这使命是自然而然落到她身上的。

呈现在诸君眼前的这本《大河：赛珍珠中国故事集》，选译自赛珍珠早期创作的两本小说集《原配夫人与其他故事》(*The First Wife and Other Stories*)和《今天与永远》(*Today and Forever*)，这些作品创作于20世纪30年代与40年代。

当时的中国，内忧外患。在中国生活多年的赛珍珠以细腻的笔触、悲悯的情感，为生活在中国的贫苦农民、小市民、外国传教士、爱国青年、大家闺秀等芸芸众生立传，为那个时代的中国个人命运与宏大历史的碰撞、东西方文化的冲突与交融，留下了壮阔的文学史诗和丰满的历史存照。

她写下因为水灾颠沛流离的贫民的悲惨世界。本书中收入的《贫瘠的春天》《大河》两篇，曾由赈灾组织转送给美国各大报纸发表、各大电台广播。

南京惨案后，她的一位裁缝邻居曾通知她们一家老小及时逃难。她把这位善良的邻居化身为一个欲救自己侄儿一家于水火但无能为力的中年男人角色。在《荷叶边》中，读者很难不为裁缝的遭遇感到深深悲怆。

赛珍珠曾在街头碰到一位刚从美国归来的博士对一群同胞高谈阔论，她为这个自以为聪明的年轻人感到羞愧，"他对着这个聪慧古老的民族讲话时，就像对着一群愚昧无知的农奴一样"，她把像留美博士这样的年轻人写进了《上海一幕》。

在她身边工作过的园丁和女佣，和她交往过的有钱太太小姐，打过交道的苦力和僧人……这些形形色色的中国人，都成为赛珍珠"中国故事"的主角。她说："我叙述他们就跟我叙述我自己的亲人一样。"

"最不寻常的故事,如《老虎!老虎!》《金花》和《佛的脸》,是基于真实的事件,有些事是中国人讲给我的,他们的故事让书中的场景浮现出来。"在小说集《今天与永远》的前言中,赛珍珠曾提到这些小说的现实来源。

翻开《大河:赛珍珠中国故事集》,我们可以看到一些性格鲜明、可敬可爱的中国女性。她们的英勇、智慧、独立、不屈不挠,让人过目难忘。比如,以智慧和谋略组织游击队员击败入城日军的富家夫人陈太太;回到祖国,赈济同胞的华裔女子金露丝;留美归来,勇闯匪山,与土匪的儿子互生爱恋,发展出一支抗日队伍的大家闺秀朱茉莉;来无踪去无影,在沼泽地连夜完成修路壮举的娘子军……这些女性形象,不同于《大地》里的农妇阿兰,《母亲》里没有名字的妈妈,不是受尽压迫和逆来顺受的男性的附庸和牺牲品,而是战火纷飞中的巾帼英雄。在遭遇外敌入侵时,她们不惜舍弃平静富足的生活,主动承担起挽救民族于危亡的重任,以弱小对抗强大,以正义对抗邪恶,以冷静、智慧对抗疯狂、野蛮,她们过人的胆识和智慧,展现出中国现代女性独立、理性的光芒，从她们身上，诸君可以看到一个更丰富、宽广、真实的，甚至与以往有所不同的现代中国。

感谢译者范童心女士，感谢参与编辑本书的每一位编辑，大家认真严谨的工作，使得《大河：赛珍珠中国故事集》的十篇小说以全新的文本与读者见面。这一定是大作家赛珍珠所乐见的。

因为能力与时间关系，本小说集的编译难免有差错和不足之处，恭请诸君不吝指正。

读蜜文库编辑部

2024年3月于北京

图书在版编目（CIP）数据

大河：赛珍珠中国故事集 / （美）赛珍珠著；范童心译. -- 银川：宁夏人民出版社，2024. 10. -- ISBN 978-7-227-08022-0

Ⅰ．I712.45

中国国家版本馆CIP数据核字第2024DR2305号

大河：赛珍珠中国故事集

[美]赛珍珠　著　范童心　译

策　　　划	读蜜文化
策 划 人	金马洛
出版统筹	孙　佳
责任编辑	闫金萍
责任校对	赵　亮
策划编辑	孙　佳
特约编辑	维　维
排版制作	读蜜工作室·思颖
装帧设计	创研设
责任印制	侯　俊

出 版 人	薛文斌
地　　　址	宁夏银川市北京东路139号出版大厦（750001）
网　　　址	http://www.yrpubm.com
网上书店	http://www.hh-book.com
电子信箱	nxrmcbs@126.com
邮购电话	0951-5052104　5052106
经　　　销	全国新华书店
印刷装订	北京兰星球彩色印刷有限公司
印刷委托书号	（宁）0030627

开　　　本	889 mm×1194 mm　1/48
印　　　张	6.5
字　　　数	150千字
版　　　次	2024年10月第1版
印　　　次	2024年10月第1次印刷
书　　　号	ISBN 978-7-227-08022-0
定　　　价	45.00元

版权所有　侵权必究